虚構斬り
居眠り同心 影御用 21
早見 俊
時代小説
二見時代小説文庫

虚構斬り――居眠り同心 影御用21

目次

第一章　奇妙な同心　7
第二章　寒夜の失態　65
第三章　名門旗本の野望　123

第四章　偽者の集い　173
第五章　鈍色の捕縛　228

虚構斬り　居眠り同心 影御用21・主な登場人物

蔵間源之助……北町奉行所の元筆頭同心で今は閑職の〝居眠り番〟。難事件に挑む。

蔵間源太郎……源之助の息子。北町奉行所の見習を経て定町廻り同心となる。

矢作兵庫助……凄腕とも豪腕とも呼ばれ、南町奉行所きっての暴れん坊の評判を取る男。

美津……南町定町廻り同心矢作兵庫助の妹。源太郎の妻となる。

杵屋善右衛門……日本橋長谷川町の老舗の履物問屋の五代目。源之助とは旧知の間柄の碁仇。

永田備後守正直……北町奉行。閑職に追いやられた源之助を気にかけて、陰ながら助ける。

清之進……将軍家斉の庶子。同心徳田又五郎を名乗り市中を歩く。旗本に婿入り予定。

京次……通称「歌舞伎の京次」と呼ばれる男前。源之助に見いだされ岡っ引となる。

善太郎……杵屋善右衛門の跡取り息子。悪の道から源之助に救われた過去を持つ。

朝吉……閻魔屋という読売屋。奉行所を逆恨みし、復讐の絵図を描く。

お縫……矢作の十手を盗み取った女。獄死した大物すり〝日暮里の紋次郎〟の娘。

卯吉……紋次郎の手下の中でも一番と評判の腕利きすり。矢作に復讐を企てる。

奥山十郎左衛門正孝……三千石直参旗本の寄合衆。三河以来の名門として知られる。

木ノ内玄蕃……奥山家用人。主人の栄達と自身の私腹を肥やそうと悪事を企てる。

前野喜三郎……南町奉行岩瀬伊予守の内与力。偽同心の一味に狙われる。

川藤平助……奥山家の若党、南町同心山田を騙り、大店駿河屋に押し入った男。

第一章　奇妙な同心

一

「変な同心さんやったな」

「ほんま、おかしなお人や」

「笑わせようとしてはったんかな」

「八丁堀（はっちょうぼり）同心さんいうたら鯔背（いなせ）なお人ばかりやと思うてたけど、どん臭いお人やったがな」

「ほんま、呆れたわ」

茶店で客たちのやり取りが聞こえた。上方訛（かみがたなま）りだけに余計に耳に入ってくる。

なんのことはない世間話だが、北町奉行所に席を置く八丁堀同心の端くれとしては気にかかる。

蔵間源之助は声のする方を向くと、二人がぴたりと話を止めた。旅姿で縁台に腰かけ脇には大きな風呂敷包みを置いていることから行商人のようだ。さしずめ、大坂からやって来た薬の行商人といったところか。

小銀杏に結った髷、千鳥格子の袷を着流し、黒紋付の裾を内側に捲り上げて帯に挟むという八丁堀同心特有の形をした源之助に遠慮したのか、源之助のいかつい顔に恐れを抱いたのか、おそらくは両方だろうが口をつぐみ視線を合わせようとはしない。

源之助の横で団子を頬張る善太郎の脇腹を肘で小突いた。口の中で団子をもぐもぐとさせながら善太郎はこちらを向いた。人の好さそうな顔が訝し気に曇った。

日本橋長谷川町の履物問屋杵屋の跡取り息子だ。源之助は父善右衛門と永年に亘って昵懇の間柄だ。善右衛門は町役人を務める分限者で、源之助の碁敵でもあった。

「斜め後ろに座る行商人たちのやり取りが気にかかった。妙な八丁堀同心がどうのこうのと申しておったのだ。わたしが尋ねるとあの者たちを萎縮させることになる」

「わかりました。あたしが訊いてみます」

善太郎は茶をごくりと飲んだ。

源之助は縁台を立ち、この先の稲荷で待っていると言い残して茶店を出た。

稲荷の鳥居を潜った。

文化十四年（一八一七）の霜月三日、冬の夕暮れ間近とあって木枯らしに枯葉が舞っている。銀杏の実の匂いが鼻腔を刺激した。この匂いが苦手な源之助は顔をしかめると、肌寒さがじんわりと地べたからせり上がってきた。

これからが冬本番だ。

背後でぽとっという音がする。振り返ると塾した柿が落ち葉の上にぐしゃりと潰れていた。日に日に寒さが増していく。初春までの二月が恋しいが、正月を迎えればまた一つ歳を重ねることを思い、冬を楽しまねばと思い直した。

烏が二羽、舞い降りてきて落ちた柿を競って啄み始める。

やがて、善太郎がやって来た。履物が入った風呂敷包みを背負い、走って来たのだろう。息をぜいぜいと荒らげていた。

善太郎の息が整うのを待ってから源之助は尋ねた。

「大坂の薬売りが話していた通りです。呆れた同心もいたもんですよ」

その同心はまだ歳若く、やたらと親切なのだそうだ。行商人たちは江戸は初めてで、道に迷っていたそうだ。

大勢の人間でごった返し、侍が大手を振って歩く日本橋で立ち往生した。人いきれに圧倒されてしまったのだそうだ。そこで、日本橋の袂にある高札場を見上げている八丁堀同心を見かけ、これ幸いと本町の薬種問屋湊屋までの道を尋ねたのだとか。

「湊屋さんといえば創業百五十年の老舗ですよ。江戸では知らない者がいないという店です。それなのに、その同心さん、頭を掻きながら知らないと答え、それでも親切なようで行き交う者に確かめてくれたそうです。ところが、教えられた道筋がわからないって有様で」

結局、行商人たちは自分たちで道を確かめ、湊屋へ向かった。するとその同心、

「そなたらを無事、送り届けてしんぜる、なんて言いながら二人について来たそうなんですよ」

同心は湊屋に行くまでにも目をきょろきょろとさせ、いかにも物珍しそうに時折立ち止まって見物をする始末であったという。

「送り届けるというよりは自分たちが道案内しているようだったと、二人は呆れたのだとか」

「なるほど、呆れた同心だな」

「見習いでしょうかね」

「いや、それはないだろう」

北町奉行所で見習いをしている者たちの顔を思い浮かべたが心当たりはない。第一、見習いは一人で町廻りなどはしない。南町も同じだろう。

すると、呆れた同心とは何者だ。

「その者、確かに同心だったのだろうな。同心の格好をしていただけなのではないか」

「ちゃんと十手（じって）を持っていたそうですよ」

呆れた同心は十手を掲げて見せたそうだ。八丁堀同心の所持する朱房（しゅぶさ）の十手であった。

「一応、南町にも確かめてみるか」

その同心が悪事を働いたわけではないのだが、放ってはおけない気がした。今は人畜無害でも、将来に災いをもたらすかもしれない。呆れた同心を巡って何か揉め事が起きかねない。

「つくづく呆れた同心ですよ」

善太郎も盛んに首を捻（ひね）った。

源之助は暇である。

南北町奉行所に所属する与力、同心の名簿を作成、修正する両御組姓名掛に所属している。所属といっても南北町奉行所にあって源之助ただ一人という閑職だ。居眠り番と揶揄されるだけあって、これといって仕事はなく、日がな一日をいかに過ごそうかが悩みの種とは情けないのだが、最早慣れっこでもある。

暇な身をいいことに、一つ、調べてやろうと思った。

南町奉行所へとやって来た。

既に夜の帳が下りているが、懇意にしている矢作兵庫助と話をしようと思ったのである。今日、矢作は宿直ということだった。

差し入れの弁当を持ち、宿直部屋へ顔を出した。

南北町奉行所は駆け込み訴えに備えて、夜通し表門脇の潜り戸を開けている。

今のところ異変は起きていないが、大酒飲みの矢作もさすがに酒は控えている。自他共に認める南町奉行所一の暴れん坊にふさわしく、真っ黒に日焼けした牛のような面構えだ。矢作は源之助の息子源太郎の妻美津の兄、つまり、二人は義理の親子関係にある。

源之助を見ると破顔し、

「どうした、親父殿」

と、腰を浮かした。

「ちょっと気になることがあってな」

「親父殿のちょっと気になるというのは、決して小事ではなかろう」

矢作の目が輝いた。

退屈をしていたのか期待を疼かせている。矢作という男、南町奉行所きっての暴れん坊と呼ばれるだけあって、事件と聞くと心を浮き立たせるのだ。

「まこと大事ではないのだがな……」

念押しをしておいて語ろうとすると矢作は箸を置き、身を乗り出した。

「大坂からやって来た薬売りのやり取りを耳にしてな」

源之助は善太郎に聞かされた呆れた同心の行状を語った。

矢作の顔が失望に曇ってゆく。

「ふん、そんなことか」

鼻を鳴らし露骨に不満を露わにした。

「だから、申したではないか。ちょっとした出来事だと。事件ではないと。怒ることはあるまい。で、南町でそんな呆れた同心に心当たりはないか」

「ないな。そんなどじな同心おるはずはない」

否定するや矢作は弁当を食べ始めた。

「北町にもおらん。ということは、一体、何者なのだろうな」

「知らんよ」

すっかり関心を失くした矢作は弁当を食べる手を止めない。悪いことをしたような後味の悪さを感じる。

ばつが悪そうに黙り込んだ源之助を見てさすがに矢作は気が差したのか、弁当を食べ終えると、源之助の分まで茶を淹れてくれ、

「親父殿、呆れた同心が気にかかるのは暇だからだけではあるまい。何か八丁堀同心の勘が疼いたのではないか」

取ってつけたような問いかけをしてきた。

「よからぬことが起きねばよいがと思っておる」

ごくりと源之助は茶を飲んだ。火鉢に手を翳すと手がかじかんでいたことに気づいた。

「胸の引っ掛かりの原因はなんだ」

矢作に促され、

「本人の意志に関わりなく、呆れた同心の存在そのものが災いを呼ぶような気がしてならん。勘ぐり過ぎと思うか」

大真面目に問うた。

「勘ぐり過ぎとは思わん。八丁堀同心として、親父殿の胸が騒ぐのだろう」

「慰めか」

「違うさ」

酒を飲めない煩わしさを感じたのか、矢作は苛立つように火箸で灰をかき混ぜた。火を盛んにしているうちに、

「そういえば、南町にもどじがいたな」

と、矢作は呟いた。

源之助が目を向けると、

「十手を落とした奴がいるんだ。二人もな」

武藤という臨時廻りと花田という定町廻りだそうだ。共に奉行所からの帰途、どこかで落とした。武藤と花田は酒好き、おまけに酔うとだらしがないと評判で、落とした日の晩も居酒屋で飲んで相当に酔っていたらしい。

はっきり言えば、泥酔しての帰途、十手を失くしたという八丁堀同心にあるまじき

失態だ。

二人は減給と一月の出仕停止となった。

「そいつらのせいで、おれは宿直の番が早まったというわけだ」

顔をしかめ舌打ちをする矢作を見ながら、呆れた同心のことを思った。

その男、八丁堀同心を騙ったのではないか。矢作も、

「親父殿が申されたどじな同心。武藤か花田が落とした十手を拾ったのかもしれんな。あるいは酔っている二人の隙を見て盗み取ったのかも」

「いや、どじぶりからして盗むというのは考えにくい。おそらくは拾ったのだろう」

「拾ったにしても盗んだにしても、八丁堀同心を騙るとは十手を悪用していることに変わりはない。見つけたらとっちめてやらないとな」

先ほどまでは無関心だった矢作が、事の重大さを悟ったようだ。

すると、

「大変でございます」

平穏を切り裂く男の声が聞こえた。

声の主である中間が飛び込んで来た。

顔が蒼ざめ、肩で息をしている。向島の自身番から使いの者が駆け込んで来て火

急の報せが届けられたそうだ。

紛れもない大事出来のようである。

「向島の呉服屋福寿屋に押し込みが入りました」

中間が最後まで言い終わらないうちに、

「行くぞ」

矢作は立ち上がった。

源之助も放ってはおけない。南町ではなく北町奉行所に属し、おまけに町廻りでもないのだが、行く気満々だ。源之助の意気は矢作にも伝わり、源之助の加勢を断りはしなかった。

まさか、呆れた同心とは関係はないだろうが、大事に遭遇することになろうとは。つくづく、八丁堀同心の性を思わずにはいられない。

半時後、中間と小者十人ばかりを引き連れて向島の福寿屋にやって来た。

吾妻橋を渡る頃には、浅草寺の夜九つ（午前零時）の鐘の音を聞いた。したがって日付は霜月の三日から四日に変わっている。冷たい川風に吹かれるが半時ほども走り詰めに走って来たため、白い息が流れてゆくものの身体は汗ばむほどに温まっている。

源之助は雪駄に工夫を凝らしていた。薄く引き延ばした鉛の板を底に入れているのだ。捕物や悪党捕縛の際、雪駄も武器として役立てようと考えて、善太郎の父善右衛門に頼んで作ってもらった。居眠り番に左遷され、捕物の指揮を執ることはなくなり、尚且つ歳を重ねても履き続けている。

この雪駄を履き続けることは八丁堀同心としての矜持だ。履かなくなった時は隠居すると心に決めていた。

二万三千坪という広大な水戸藩蔵屋敷の裏手、小梅村に福寿屋はある。周辺は田畑と雑木林が広がり人家などまばらに建つばかりだ。こんな殺風景な所で呉服屋などやっていけるのかと他人事ながら心配になる。

店構えを見れば間口十五間の大店だ。引き上げ戸が開いており、開けるよう求めなくとも店の中に入ることができた。掛け行灯に薄っすらと照らされた店には誰もいない。着物や反物の数が日本橋の大店に比べれば少ない。荒らされた形跡がないということは、店売りではなく行商が中心なのだろう。

とすれば、このような盛り場でない所でも商いができるはずだ。

通り土間を抜けて裏庭に出ると土蔵が開いている。

一瞬の躊躇いもなく矢作が飛び込んだ。源之助も中間、小者を率いて続く。

主人藤五郎と奉公人の十人余りが縄で縛られ、押し込められていた。幸い揃って無事、危害は及んでいない。

千両箱を二つ奪われたという。賊は鍵を奪って土蔵に掛けられた南京錠を外し、千両箱を奪うと、縛りあげた藤五郎たちを残して逃げ去ったのだった。

不幸中の幸いであるが、二千両という大金を奪われた福寿屋にすれば喜んではいられまい。

事情聴取よりもまずは、源之助と矢作、南町の中間と小者で手分けをして藤五郎たちの縄を解いていった。

みな安堵の表情を浮かべた。

矢作が藤五郎に、

「賊、どんな奴らだった」

「それが……」

藤五郎は言い淀んだ。

思ったよりも歳若く、三十を過ぎた頃合いであろうか。鼻筋が通った男前で、呉服を扱う商人らしく物腰が柔らかだ。

強い眼差しを向け、話すよう矢作は促した。

藤五郎はうなずくと、

「賊は三人でございまして、そのうちの一人が八丁堀同心さまでした」

「なんだと」

矢作は惚(とぼ)けた声を出し、源之助を見た。

源之助の脳裏に呆れた同心が浮かんだ。

二

気を取り直した矢作は、

「その同心のことを話してくれ」

藤五郎は八丁堀同心が盗みを働いたことに戸惑ってか、おずおずと語り始めた。

「夜五つ半（午後九時）頃のことでした」

店仕舞いをし、奉公人たちは湯屋(ゆうや)に行く者、休む者に分かれた。藤五郎は一人店に残って帳場机でその日の売り上げを計算し、帳面をつけていた。

「そこへ、戸を叩く音がしたのです」

藤五郎は土間に降り立つと上げ戸越しに用件を聞いた。

「南町の山田だが」

という声がした。

八丁堀同心だと名乗られても、鵜呑みにはせず、

「突き上げ戸を少しだけ上げて、隙間から声の方を見たのでございます」

藤五郎は心張り棒で上げ戸を上げ、声の主を確かめた。

「確かに同心さまでございました」

男は縞柄の袷を着流し、黒紋付を巻き羽織にするという八丁堀同心特有の形に加え、

「十手を翳したのでございます」

南町の山田と名乗った男は朱房の十手を掲げた。

「南町に山田なんて同心はいねえぜ。いや、一人いるが例繰方の爺さんだ」

矢作は言った。

「山田さまは、この近くの庄屋さんの家に盗みが入った。ついては、見回っていると
おっしゃって……」

藤五郎は山田を中に入れたのだそうだ。

すると、

「ついては、蔵の中を検めるから土蔵を開けろとおっしゃるのです」

藤五郎は山田を案内して土蔵へと向かった。しかし、なんとなく不審感を抱いた時は遅かった。

山田は豹変した。

「鍵を寄越せ」

と、強引に鍵を奪った。すると、裏木戸から二人の男が入って来た。二人は町人であったそうだ。手拭で頬被りをしていたため人相はわからなかったという。

山田が南京錠を外し、二人が土蔵から千両箱を奪った。奪うと藤五郎や奉公人を縄で縛って逃走したのだった。

「偽者の同心か」

矢作は唇を噛んだ。

「どうしてくれるのですか」

落ち着きを取り戻した藤五郎は、南町の同心を名乗った男のせいで金を奪われたことに怒りを募らせた。

優男然とした顔が険しくなり、気の強さを感じさせる。

「いや、そうは言われてもな」

矢作としてもとんだ迷惑である。

「南町の目配りが足りないからこんなことになったのではございませんか」

藤五郎はなじった。

矢作は口をへの字に引き結んだ。源之助が、

「偽者の同心の面体を聞かせてくれ」

藤五郎はあれこれと思案するようにして口の中をもごもごとやっていたが、ではと帳場机に向かった。筆を手に取る。矢作がどうしたのだと問いかけると、

「手前は絵が趣味でして」

と、筆を走らせた。

手慣れた様子で筆を使う。二千両もの金が奪われたにもかかわらずどこか楽しげなのは、よほど絵が好きなのだろう。

待つことしばし、男の顔が描き出される。

歳は四十前後、中肉中背、浅黒い顔で眉は細く、右眉の上と右の耳たぶに黒子があった。

特徴のある面差しで、探索を続ければ見つけ出すことができそうだ。

「しかと四十前後であったのか」

源之助が念押ししたのは、頭の中に呆れた同心があるからだ。呆れた同心は若いと

いうことだった。大坂の薬売りたちは白昼に呆れた同心と会い、本町の薬種問屋湊屋までの道を同道した。若いということには間違いはあるまい。

「三十後半から四十前半ということには間違いありませんな」

藤五郎の声音(こわね)に不安はない。確かなのだろう。

すると呆れた同心とは別人なのだろう。

年齢に加えて別人だろうとは源之助の勘が告げている。

呆れた同心の行動は間抜けで明るい。同じ同心を騙るにしても商家に盗み入るという凶悪さとは無縁だ。

藤五郎から似顔絵を受け取ると矢作は、

「早速(さっそく)、探索をする」

「お願い致しますよ」

藤五郎は頭を下げた。

「ああ、任せろ」

自身満々に矢作は請け合った。

「もし、盗賊が見つからず、二千両もの大金が戻ってこなかったら、手前どもは店を畳むことになります」

一転して藤五郎は悲嘆にくれた。無理もない。命拾いをして身の安全が確保されるとやはり、現実の危機が押し寄せてきたというわけだ。

「手前には奉公人、奉公人の家族の暮らしがかかっておるのです。それが、南町の同心を名乗る盗人に盗み出されるなんて、情けないやら。ねえ、矢作さま。少しは責任を感じてくださいよ」

藤五郎は持って行き場のない悔しさと怒りを矢作にぶつけた。南町きっての乱暴者も、この批難を受け止めてもどうすることもできない。困り果てたように源之助を流し見た。

源之助は、

「盗人どもを捕らえる。まだ、金が戻らないわけではないのだ」

と、他の二人の人相も描くように求めた。

「わかりました」

藤五郎は請け負ったが、手拭で頬被りをしていた上に恐怖で身がすくんでいたため、面相はよくわからないという。それでも無理やり描いたが、不明瞭で参考にはならなかった。

歳は二人とも三十くらい、やくざ者のような乱暴な物言いであったそうだ。

「申し訳ございません」

藤五郎はしおらしくなった。

「ともかく、三人組の盗人を追いかける」

矢作は言った。

「どうかお願い致します」

藤五郎は両手を合わせた。

矢作は中間を奉行所に返して、各町内の木戸番に警戒を怠らぬように触れを出すことを命じた。

「親父殿……」

矢作は声を潜め源之助を呼んだ。

二人は庭の隅に移動した。

「武藤と花田が失くした十手、一つは呆れた同心の手に渡ったとして、もう一つは福寿屋に盗み入った偽者の同心が持っておるのかもしれんな」

矢作の推量は断定はできないが、可能性は十分あると源之助も思った。

その頃、源之助の息子源太郎は芝神明宮近く、三島町にある醤油問屋駿河屋にいた。

宿直をしていて、夜半押し込みがあったと聞いて駆けつけて来たのだ。

主人茂兵衛(もへえ)によると、

「南町の同心さまだと申されまして」

南町の同心上田(うえだ)と名乗る男がやって来て、この近くの商家に盗人が入った。逃走してこの店に入った者を見た者がいるから、家の中を調べたいということだった。

「手前は三年前までは町役人を務めておりましたので、何人かの同心さまとお付き合いがございました。十手もよく見知っております。十手を拝見し、本物とわかりましたので、中にお入れしたのです」

茂兵衛は男を店の中に入れた。

「ところがでございます」

同心上田は中に入ると豹変し、土蔵の鍵を要求した。茂兵衛は言われるままに南京錠を持って土蔵を開けた。

すると裏木戸から二人の男が入って来た。

「盗まれた金額は」

源太郎の問いかけに、

「千両箱、三つでございます」

と、茂兵衛は答えた。

三千両もの大金が奪われたのだ。駿河屋は創業百年の老舗、芝増上寺の塔頭や芝界隈の大名屋敷にも出入りする大店とあって、賊は前もって狙いをつけていたに違いない。それにしても八丁堀同心が盗みに加担するとは……。

いや、

「南町の上田」

聞いたことがない。

果たして本当に南町奉行所の同心なのか怪しいものだ。

「その者、確かに同心であったのか」

「蔵間さまのような身なりと、それになにより十手を示しておられました」

茂兵衛は戸惑いに視線を揺らしながら答えた。

南町に問い合わせるか。おそらくは、山田なる同心などはいはしまい。同心の振りをして盗みに入るとは……。

許せない。

八丁堀同心に対する挑戦ではないか。

怒りが湧いてきた。

「同心を名乗った男の面相を思い出してくれ」

「わかりました」

茂兵衛は思案を始めた。

源太郎は懐紙と矢立を取り出し、茂兵衛が思い出すままに書き留めた。書き終えてから、

「歳は三十前後、背が高く、痩せている。細面で顎が尖り、狐目をしている、ということだな」

「はい、その通りでございます」

首を縦に振ったものの、茂兵衛は不安そうだ。自分の記憶の正確さに自信が持てないのだろう。

「他の二人は」

「手拭で頰被りをしておりましたんで、おまけに闇夜でございましたので、よくわかりませんでしたが、なんとなくやさぐれたと申しますか、物言いがやくざ者といった感じでしょうか」

思い出し思い出し、茂兵衛は答えた。

「三人組か」

源太郎は呟いた。

「幸いなことは、誰も傷つかなかったことでございます」

茂兵衛は言った。

そう言われると源太郎は責任感を抱いた。なんとしても盗人を挙げねばという使命感が押し寄せてくる。

「必ず下手人を挙げる」

強い決意を示す源太郎に、茂兵衛は姿勢を低くしてよろしくお願いしますと何度も頭を下げた。

早急に人相書きの手配と上田なる同心について南町への問い合わせが必要だろう。

源太郎は近くの自身番に行き、南町へ使いを出させた。上田という同心がいるかどうか。

おらぬだろう。

三

半時とかからず、使いが自身番に戻って来た。宿直の同心は向島で起きた押し込み強盗の事件に出張っているということだ。

同じ夜に押し込みが起きるとは偶然であろうが、俄かに物騒になったものである。

四日の朝となり、ろくに寝ていないにもかかわらず源之助は居眠り番こと両御組姓名掛に出仕した。

疲労が残り、身体は重い上に暇な部署とあって無理に出仕する必要はないのだが意地を張った。意地っ張りは短所ではなく長所だと思っている。

居眠り番と揶揄されるだけあって奉行所の建屋にはなく、築地塀に沿って建ち並ぶ土蔵の一つを間借りしている。暇に任せ、漆喰壁の鼠穴には入念に目塗りを施しているため隙間風は吹き込んでこない。好天の日などは天窓から差す日輪のお陰で火鉢がいらないくらいに暖まる。揶揄される通り、いつの間にか居眠りしていることも珍しくはない。

壁に沿って並ぶ書棚から南町奉行所の名簿を取り出すと、念のため山田何某という同心について調べてみた。

矢作の言う通りである。

二人いるが、どちらも高齢で、四十前後の働き盛りではない。

やはり、偽者(にせもの)ということだ。

すると、

「お早うございます」

源太郎の声が聞こえた。

引き戸が開き、源太郎がこくりと頭を下げた。背後に矢作も立っている。

「二人とも宿直明けの朝にご苦労なことだな」

矢作の場合は福寿屋の押し込みがあったからわからなくもないが、源太郎はどうしたのだと訝(いぶか)しむ。しかも二人揃っての来訪とは茶飲み話をしに来たのではあるまい。

二人は挨拶もそこそこに入って来た。源之助は火箸で灰をかき混ぜ、火を盛んにした。

「親父殿、驚くなよ」

矢作が前置きをしてから源太郎も昨晩押し込みの現場に駆け付けたことを話し、

「しかも手口が同じなんだ」

と、芝の醤油問屋駿河屋でも南町の同心を騙る盗人たちが盗みに入ったことを話した。さすがに源之助も驚いて源太郎を見た。源太郎はうなずき返した。

「南町のなんという名前だった」

「主人茂兵衛によりますと上田何某と騙ったそうで、念のため南町に問い合わせました」

ところが、宿直であった矢作は向島の押し込み現場に行って不在だった。結局、今朝になって矢作とは連絡が取れ、上田という同心などいないとわかり、八丁堀同心を騙るという同じ手口での押し込み強盗が起きたことに驚き、源之助を訪問してきたわけだ。

「二人の偽者同心は別人なのだな」

源之助の問いかけには源太郎が答えた。

「人相からしましても、向島と芝三島町という離れた所で盗みが行われたことからしましても、別人と考えるべきです」

「ならば、一味は示し合わせて行ったということだな」

「そういうことになります」

「束ねる者がいると考えるべきだろう」

源之助の考えを受け、

「今後も押し込みを続けるということだな」

矢作が危ぶむと、

「これは、奉行所に対する挑戦ですよ」

源太郎は息巻いた。

「源太郎が言うことは、決して大袈裟ではない。おれも、挑まれたと受け止めた」

矢作も言った。

「ともかく、同心を騙る者に用心するように触れを出さねばならんな」

源之助が言うと、

「各町内の町役人には伝えた。早急に御奉行より触れを出していただくつもりだ」

矢作に抜かりはなかった。

「今回の偽者同心は南町を名乗っておりますが、北町とても対岸の火事ではございません。同じように御奉行より触れを出していただこうと思っております」

源太郎も言も添えた。

「それがよい」

うれしくなった。息を合わせて探索に当たる義兄弟に目が細まった。

「親父殿も手伝ってくれるな」

当然のように矢作が誘ってきた。むろんそのつもりであったがふと、呆れた同心のことが脳裏をかすめた。

「いや、おまえたちに任せる」

源之助の答えは意外だったようで、矢作と源太郎は顔を見合わせた。

「どうした」

源太郎に問いかけると、

「いえ、その、父上のことですからてっきり探索に加わってくださるとばかり思っておりましたもので」

源太郎の言葉を受けて、

「そうだぞ。昨晩、福寿屋にも立ち会ってくれたではないか」

矢作も心外のようだ。

「頼ってくれる気持ちはうれしいが、わたしの出る幕はない。そなたらでやったらいい」

「歳だと言いたいのか」

矢作は失笑を漏らした。

「歳とは思わぬ」

源之助が返したところで、

「父上、ひょっとしてお身体の加減がよろしくないのですか」

源太郎が心配した。

「見ての通り、至って壮健だ。わたしは今回は口出ししないでおく」

きっぱり断ると、矢作も源太郎もそれ以上は誘ってこなかった。

「親父殿、武藤と花田が落とした十手、福寿屋と駿河屋の押し込みに使われたと考えてよい。とすれば呆れた同心はどこで十手を手に入れたのであろうな。もっとも、福寿屋か駿河屋かに押し入った偽者同心のどちらかが呆れた同心かもしれぬが」

「盗みを働いたのは呆れた同心ではあるまい」

言下に源之助が否定すると、

「おれも違うと思う。盗みに入った奴らは狡猾(こうかつ)だ。呆れた同心のようにどじじゃないからな」

矢作も納得したようにうなずいた。

するところ、十手が一つ足りない。南町の同心が失くした十手は二つである。

北町では十手の紛失はない。

やはり、南町の武藤と花田は酔ったところを盗まれたのだ。盗んだ十手を使って八丁堀同心を騙って福寿屋と駿河屋に押し入ったに違いない。

残るは呆れた同心の十手……。

呆れた同心の行方を追う必要を改めて感じた。

ここで源太郎が、

「そういえば、先月、八丁堀の同心組屋敷で洗濯のあとに干していた羽織と小袖が盗まれることがありました。三軒でしたが、今回の一件と関わりがあるのかもしれません。いや、きっと、偽者同心どもの仕業に違いございません」

「着物が三着に十手が二つか」

矢作は顎を掻いた。

残る着物は呆れた同心が持っているのか。

もっとも、着物などは呉服屋や古着屋で手に入れられる。

肝心なのは十手だ。

二人が出て行ってからごろんと横になった。

別に、探索に加わるのが嫌なのではない。むしろ、積極的に加わりたい。

まだまだ若い者には負けない。

いや、そんな言葉を口に出すということは逆に自分が歳だと認めることなのだという気にもなった。

ともかく、今回は二人に任せよう。

追うべきは呆れた同心である。偽者という点では同じだが、仲間ではない。一体、なんのために同心の真似事をしているのかはわからないが、気になる存在だ。

気にかかって仕方がない。

呆れた同心のことが頭を離れない。

「行ってみるか」

源之助は立ち上がった。

行ってみるかと思ってやって来たのは日本橋である。寒風吹く中、表通りは大勢の人間が行き交っている。手を袖に入れ、背中を丸めている者が多い。

偽者の同心たちのことが頭にあるせいで、自分は本物だとばかりに背筋を伸ばし、寒さを寄せ付けない気概を示した。

雑踏の中に呆れた同心がいるとはずいぶんと都合のいい考えだ。そうそう出会うはずもない。

　自分の考えの浅さに自分こそが呆れた同心だと苦笑を漏らしてしまった。

　これではぶらぶらと歩いているだけである。

「仕方ない」

　懇意にしている日本橋の履物問屋杵屋に足を向けることにした。

　杵屋の母屋(おもや)の居間で主人の善右衛門と碁を打った。

　源之助が黒石、善右衛門が白石である。碁盤に視線を落としながら世間話をする。

火鉢のやかんが湯気を立ち上らせ、ほどよく暖まった座敷で昼の日中から碁を打つなど、まるで隠居になったような気分だ。ついつい苦笑を漏らしたところで善右衛門が訝し気な表情を浮かべた。

「いや、なんでもござらん」

「そういえば、物騒な世の中になったと思いましたら、八丁堀同心を騙る盗人が現れたとか」

　善右衛門は言った。

「盗人の種は尽きませぬが、とうとう我らの真似をするとはどうにも行儀の悪い者たちですな。これでは、八丁堀同心を見れば盗人と思えということになりかねません」

失笑を漏らす源之助に、

「なるほど」

善右衛門もおかしそうに笑った。

「冗談はさておき、用心くだされ」

「承知しました。蔵間さまは偽者同心を探索なさらないのですか」

「源太郎と矢作に任せることにしました」

「それがよろしゅうございます」

善右衛門は息子善太郎に店を任せている。隠居のようなものだとは日頃からの口癖だ。

ふと雪見障子から庭を眺める。枯葉が黄落(おうらく)した銀杏の葉と混ざり合って冬の深まりを感じさせた。寒さにも凜然と花を咲かせている寒菊(かんぎく)が目に鮮やかだ。冬の風情(ふぜい)を味わったところで、生垣(いけがき)越しに若い八丁堀同心が歩いて行くのが見えた。見かけない男である。少なくとも北町の同心ではない。

――ひょっとして――

源之助の胸が騒いだ。

呆れた同心ではないか。

「善右衛門殿、まことにすまぬことながら、急用を思い出しました。勝負はお預けということ、いや、わたしの負けということで失礼致したい」

と、立ち上がった。

源之助のただならぬ様子に善右衛門も文句をつけることはなかった。

裏木戸を出ると呆れた同心と思われる男が少し先を歩いている。周囲をきょろきょろと見回しながら物珍しそうに歩いている姿には盗人の凶悪さをうかがわせるものは微塵（みじん）もない。

押し込みとは無関係と確信できた。

とすれば、一体何者であろうか。男は源之助がつけているなど考えもしないで日本橋の表通りに向かっている。

声をかけてみるか。

小走りになって男に追い付いた。

「失礼致す」

源之助が声をかけると、

「はあ」

男は振り返った。

まこと間の抜けた顔つきである。だが、邪心というものがなく、人が好さそうでどこか品性を感じさせた。

「北町の蔵間でござる」

源之助が名乗ると、

「はあ」

男は要領を得ない返事だ。

「ご貴殿は南町ですか」

「まあ、そうですが」

「お名前は」

男は口をつぐんだ。

四

「お名前をお聞かせくだされ」

源之助は目に力を込めた。

「な、名前でござるか」

男の声が上ずった。

「まさか、名乗れぬのですかな」

「いや、それがし、徳田……、徳田又五郎と申します」

男は名乗った。

「徳田殿、徳田殿はどちらの部署ですかな」

「むろん、定町廻りでござる」

「ほう、ずいぶんお若くして定町廻りになられたのですな」

ここで徳田は源之助の言葉を止めた。それから何気ない様子で、

「では、これにて」

と、挨拶をすると徳田は立ち去ろうとした。その時不意に、

「時に矢作は達者でおりますか」

と、声をかけた。

「矢作……」

徳田はきょとんとなった。

「患(わずら)っておると聞いたが、達者で出仕しておるのかな」

　徳田は、

「いや、出仕しておりませぬな」

「やはり、患ったままか」

「そのようですな」

　徳田は失礼と立ち去ろうとした。

　と、

「待て」

　低くて太い声で呼び止めた。

　徳田の背中がびくっとなった。腰の十手を抜いて徳田の肩を叩いた。徳田が振り返ろうとしたが、十手が頬に触れあわてて首をすくめた。

　前に回り帯を探った。手に十手が触れ、すかさず引き抜く。左手で持って確かめると、朱房だが、八丁堀同心が所持する十手よりも長く、形も違う。

　南町の武藤と花田が失くした十手ではない。ということは、失くした二つの十手は福寿屋と駿河屋の押し込みに使われたようだ。

　ともかく、この男を尋問せねば。

「何故、同心を騙るのだ」

目をきょろきょろとさせた徳田は、

「いや、その」

しどろもどろとなって答えられない。

「騙り者めが」

この男が悪事をしているとは思わないが、同心になりすますとはこの先よくないことが起きるかもしれぬ。懲らしめてやろう。

「話を聞こうか」

「あ、いや、わたしは決して怪しい者ではない」

「八丁堀同心を騙る者が怪しくないとは言わせぬぞ」

源之助が強く迫ると、

「はあ」

徳田の声は小さくなった。

「素性を申せ」

「それは、困る」

「困ろうが答えてもらわねばならぬ。本当の名も名乗ってもらおうか」

「だから、答えられぬ」

「士分であることは間違いないのか」

「それは間違いない」

　この時ばかりはきっぱりと首肯した。侍であることは確かなようだ。

「自身番に来ていただこうか」

　相手を侍と認識して言葉遣いは丁寧にしたが、勘弁したわけではない。お灸をすえ、二度とこのようなことをしないように釘を刺してやろう。

「それは」

　徳田は躊躇いを示したがやがて素直に従い源之助ついて来た。自身番が見えた。

「あの……」

　徳田は怖気づいたようだ。

「手荒な真似は致さぬ。話を聞くだけ。こちらが納得できるような説明を頂ければ、すぐにでもお帰し致す」

「いや、それがちとまずい」

　徳田は躊躇いを示した。

「こちらもまずい」

「ここはなんとか勘弁願えまいか」

徳田は言うや、脱兎のごとく走り去った。

「待て」

抜かったと思った時は遅かった。

咄嗟に雪駄を脱ぎ、徳田にぶつけようとしたが、表通りの雑踏の中に身を投じてしまったため誤って他人にぶつける恐れがある。

手に持つ雪駄の重みが虚しさと屈辱を伝えた。

「おのれ」

歯噛みをしたがどうしようもない。油断していた自分が悪いのだ。己を責めながら、呆然と立ち尽くした。

八丁堀の組屋敷に戻った。

妻久恵の出迎えを受け、居間に向かう。

「お疲れのご様子でございますね」

「疲れてなどはおらん」

実際、疲れるような仕事はしていない。同心を騙る侍に翻弄されて、疲労ではなく鬱屈した気分が溜まっているだけだ。

「すぐに夕餉の支度をしてまいりますね」

久恵は立ち上がった。

胸を木枯らしが吹き抜けていく。悪戯小僧のような呆れた同心にまんまと逃げられてしまった。

手抜かりにもほどがある。

こんなことではとても押し込みを行った偽者同心と対決することなどはできないだろう。

やがて夕餉の膳が運ばれて来た。

丼飯に蕪の味噌汁、大根と油揚げの煮つけが載っていた。自分でも今日ばかりはさすがに食欲が湧かないと思っていたのだが、味噌汁を一口啜るとたちまち胃の腑が食べ物を求めだした。

腹の虫が呼び覚まされたようだ。

大根を食べる。柔らかく煮込まれた大根から甘辛い汁がじわっと口中に広がり、飯が進む。

夢中になって食べると二膳めをお替わりしていた。

二膳も米粒一つ残さずに平らげた。源之助の食欲を見て久恵は安堵の表情を浮かべた。

「源太郎、忙しいようでございますね」

久恵は言った。

「そのようだな」

まず、家では役目の話はしない。

生返事をした源之助を久恵は深く問うことはせず、宿直明けの日にもかかわらず、源太郎から今日も遅くなると連絡が入ったと美津が言っていたそうだ。

「あいつもそれだけ、役目を自覚してきたということだろう」

源之助の言葉に久恵はうなずいた。それから、くすりと笑い、

「やはり、源太郎は旦那さまの息子でございますね」

「どういう意味だ」

「役目に夢中になっております。夢中になると脇目も振らずでございます」

「美津は心配しておるのか」

「身体のことは気遣っておりましょうが、役目に夢中になって家のことを顧みないことへの不満はないと存じます」

「美津の兄が兄だからな」

源之助も笑った。

「そういえば、矢作殿、所帯を持つつもりはないのでしょうか。美津はその方が心配のようでございましたよ」

「矢作が所帯な……」

本人にその気はないだろう。勝手気儘な今の暮らしを好んでいるのではないか。所帯を持った矢作兵庫助、見てみたい気がするが、所帯じみた矢作は不似合なような気もする。

「好いた女子でもおればよいと思うのだがな」

「どうなのでしょう」

久恵は言った。

「矢作は周囲が無理に進めると意固地になるような気がするな」

「自然に任せるのがよろしゅうございましょうか」

「そういうことだ」

答えたところで、

「親父殿」

という声が玄関から聞こえた。

「噂をすればだな」

源之助と久恵は笑い合った。

やがて矢作が入って来た。手には五合徳利を提げている。久恵が何か肴を用意すると台所に向かった。

「疲れただろう。今日は休んだらどうだ」

気遣う源之助に、

「なんの、大丈夫だ」

矢作は五合徳利から湯呑に酒を注ぎ源之助に渡した。

あまり酒を飲むことのない源之助であるが、少しだけ付き合うかと湯呑を受け取った。少しだけ口をつける。矢作は豪快にあおった。

久恵が茄子の糠漬けを持って来た。

「かたじけない」

丁寧に頭を下げ、漬物を口の中に入れた。破顔して、

「美味い」

と、うれしそうに酒を飲んだ。ごゆっくりと久恵が出て行ってから、

「どうだった」

源之助は探索の状況を聞いた。

「探索の成果はなかったが、おれと源太郎が南北町奉行所の枠を取り払って偽者同心一味を追うことになった」

「そうか、一つ、よろしく頼む」

「親父殿にも任されたからには、絶対に下手人（げしゅにん）を挙げてやるぞ。それには、何か手がかりが欲しいところだ」

矢作は言った。

徳田何某かの話をしようかと迷った。あの男、逃げ足は速かったが、押し込みのような邪悪な臭いはしなかった。おそらくは無関係であろう。徳田の話をすることは矢作を混乱させるのではないか。

「おまえ、身体をいとえよ」

「丈夫が取り柄だ」

矢作はぐびっと酒を飲んだ。

五

あくる五日、源之助は居眠り番に出仕した。

すると、中間が御奉行がお呼びだという。

奉行から呼び出しとは戸惑ってしまう。何か特別の用向きに違いない。

ともかく、呼ばれた以上は行かねばならない。

用部屋の廊下の前に正座をして、

「蔵間です」

と、声をかけた。

「入れ」

という奉行永田備後守の声が聞こえ、襖を開けた。

部屋の中には永田一人が床の間を背に座していた。黒羽二重を重ね、温厚な顔つきでこちらを見ている。儀礼的な挨拶のあとに、

「本日はそなたに頼み事があってな」

源之助は永田の言葉を待つ。何やら特別の用向きなのだろう。

「そなたに面倒を見てもらいたいお方がおるのじゃ」

永田は言った。

「面倒を見る、とはいかなることでございましょう」

永田はここで一呼吸置くと、

「お入りくだされ」

と、閉じられた襖に向かって声をかけた。襖が開き、一人の若侍が入って来た。

八丁堀同心の格好をしたその男、

「そなた」

口があんぐりとなった。

まさしく呆れた同心徳田又五郎である。

徳田は照れたような笑みを浮かべ、源之助に会釈を送ってきた。どういうことだと永田を見る。永田は徳田に辞を低くし、

「こちらのお方は畏れ多くも上さまのご子息清之進さまである」

なんだと。

将軍の息子、そんな馬鹿な。よりにもよって将軍の子息が八丁堀同心を騙るとは。

いや、今度は将軍の息子を騙っているのではないか。

いくらなんでも、永田は欺かれたようではなさそうだ。清之進はまごうかたなく将軍の息子のようだ。

となれば頭が高い。源之助は清之進に向かって両手をついた。

「清之進さまはのう、八丁堀同心にいたく興味を抱かれておられてな。それで、このように八丁堀同心の格好をなさり、ひそかに市中を歩いておられるのだ」

永田は言った。

なるほど、清之進の珍妙な行動は八丁堀同心への興味であったということか。それにしても物好きで人騒がせな御曹子である。

「だが、南町の同心を騙る押し込み強盗が起きたことで、清之進さまもさすがにお一人で気儘に市中に行くことは慮られた」

要するに清之進の八丁堀同心の真似事に付き合えということだ。

とんだ影御用である。

影御用、居眠り番に左遷されてからも辣腕を買われ、奉行所の役目とは関係なく御用を遂行している。出世に関係なく、時に多少の礼金が入ることがあるが、金目当てで行っているのではない。

八丁堀同心としての性とでも言ったらいいのか、御用を行うこと自体に使命感と喜びを感じている。これまでにも様々な影御用を引き受けてきたが、今回は異色である。なにせ、将軍御曹子の道楽に付き合わされるのだから。

「蔵間、よしなに」

清之進はいかにも御曹子然とした屈託(くったく)のない笑顔を向けてきた。

「蔵間、八丁堀同心の役目を通じて清之進さまには市井(しせい)の者の暮らしぶりをわかっていただけるというものだ」

永田は都合のいいことを言っているが、内心では迷惑なのだ。それゆえ居眠り番である源之助に押し付けたということだろう。

勘繰る余り、源之助の顔に不満が出たのだろう。

「蔵間、目下(もっか)、取り組んでおる役目はあるのか」

いかにも暇であろうと永田は言いたげである。

「いえ、特には」

特にどころか何もない。矢作と源太郎の手伝いも引き受けなかったのだ。

「ならば、清之進さまのこと、くれぐれも頼むぞ」

永田に続き、

「蔵間、どうか頼む。わたしを将軍の息子として扱うことはない。一人の見習い同心として一から教えてくれ」

清之進は頭を下げた。

将軍御曹司に頭を下げられるとは、生涯あることではない。慌てて源之助も頭を下げる。どうも、調子が乱れてしまう。

清之進は一旦、隣室に行き、そこで髷を小銀杏に結い直すことになった。

二人となったところで、源之助は永田に抗議の目を向けた。永田も迷惑であることは十分に承知をしている。

「清之進さまの身分を明かすわけにはいかぬ。清之進さまはな、上さまの数多おられる御子息の中にあって、実は上さまの認知を受けておられぬのじゃ」

清之進の母の素性は明らかではないが、卑しい身分ゆえ将軍の子としては認知されていないそうだ。江戸城中奥の一角に屋敷を与えられて暮らしている。認知はされていないが、将軍家斉の血筋であることが配慮され、大名家への養子入りは無理だが、近々のうちにしかるべき直参旗本の家への養子入りが予定されているのだとか。

清之進の事情はともかく、とんだ厄介事をしょい込んだものだ。

「待たせたな」

清之進が出て来た。

永田はすまんというように目礼を送ってきた。

「では、まいりましょうか」

気づかれぬよう小さくため息を吐くと、源之助は立ち上がり、清之進を伴って用部屋を出た。

七

奉行所から出ると冬晴れの空が広がっている。雲が光り、寒雀の鳴き声が耳に心地良い。清之進は生き生きとした表情となり、

「どこへまいりましょう」

と、声を弾ませた。

白い息を吐きながらも、寒さなど微塵も感じていないようだ。

「そうですな」

どこへと言われてもなるべく、定町廻りの者たちと顔を合わせるわけにはいかない。

「両国から向島に足を向けましょうか」

源之助の申し出を清之進は逆らうことなく受け入れた。

まずは神田に出て柳原通りを両国に向かう。この辺りは昼間は菰掛けの古着屋が軒を並べている。

清之進はそれら一軒に足を踏み入れ、縁台に並べられた古着を手に取って物珍しげに見始めた。

「そろそろ、まいりますぞ」

源之助が耳元で囁くと素直に応じるのだが、すぐに別の古着屋を覗いてはまた、じろじろと眺めている。

更には古着の山をごそごそとやっていた。すると主人が出て来て、

「何かお気に入りのお召し物はございますか」

と、清之進を八丁堀同心と見てか、遠慮がちに問いかけてきた。

「いろんな着物があるんだな」

無邪気な子供のように目を輝かせている。着物を次々と手にして、

「古着ということだけど、古着のようには見えないものもあるね」

女物の小袖を主に扱う店のようだ。彩り豊かな小袖に清之進はすっかり興味津々となっている。

注意すべきか躊躇(ためら)ってしまう。いくら、見習いとして扱えと言われても将軍の御曹子に強くは言えない。背後に立って、わざとらしく咳をするのが精一杯だ。

すると、清之進は小袖から手を離した。わかってくれたのかと思うと、

「これ、いい色合いですよ」

などと源之助に見せる有様だ。

悪気がないところがいかにも若さま然として拍子抜けしてしまう。放っておいてはいつまでも古着を見ていそうだ。

「そろそろ、行きませぬか」

やんわりと小声で促した。

「そうだ、町廻りを続けねば」

一旦は外に行きかけた清之進であったが、ふと振り返って奥に目をやった。

「奥の着物も見たいな」

言うと、奥へと向かった。すると主人が慌てて追いかけ、

「お役人さま、奥は取りちらかっておりますので」

清之進を引き止めた。

「気にしない、気にしない」

主人が止めるのも構わず、清之進は奥へと足を踏み入れた。主人の表情が引き攣った。源之助は不穏なものを感じ取った。

「お役人さま」

清之進を止めようと大きな声を上げた主人を源之助は咎めた。清之進は構わずに奥へと向かう。

清之進に続いて源之助も飛び込んだ。

小首を傾げた清之進が着物を持っている。黒紋付に縞柄の袷、着物ばかりではない。

「十手だ」

素っ頓狂な声と共に十手を掲げた。八丁堀同心が所持する本物である。

源之助は主人を振り返った。

「十手と着物、どういうことだ」

「いえ、その……」

主人は伏し目がちとなって舌をもつれさせた。

「これって、八丁堀同心の格好でしょう」

清之進が言った。

「すみません」

主人はぺこりと頭を下げる。

「話を聞こうか」

太い声をかけた。

「申し訳ございません」

「謝るのはあとだ。事情を話せ。どこから手に入れた」

ぺこりと頭を下げてから主人は、

「女でございます」

「女だと」

「女が売りに来たのです。八丁堀同心の着物、ましてや十手となりますと高く売れるのです」

清之進のように八丁堀同心好きの者たちがいるそうで、そうした好事家向けに十両で買い取ったのだそうだ。

羽織と袷の着物二着に十手を二本、締めて十両だそうだ。高いのか安いのか見当もつかない。着物はともかく、十手に値段をつけることはできない。なにせ、八丁堀同心の魂なのだから。魂を売り買いはできないのだ。

「ここにあるのは、着物一着と十手は一つだ。着物ともう一本の十手はどうした」

「すぐに売れました」

「誰が買ったのだ」

「商人風の男の方でしたが、素性は……」

男は袷、羽織、十手を合わせて二十両で買ったそうだ。やはり、好事家なのか。それとも、偽者同心一味か。

偽者同心一味は二組だ。

ならば、二揃え買うのではないか。それとも別に八丁堀同心の十手や着物を扱う店があって、そこで調達したのか。いや、違う。南町で失われた十手は二つだ。この店に持ち込んだ女が盗んだと考えていい。源太郎が言っていた、八丁堀の同心組屋敷から洗濯で干された羽織と袷を盗んだのもその女であろう。

駿河屋茂兵衛は町役人をやっていて八丁堀同心とも付き合いがあり、十手は本物であったと証言していた。偽者同心一味はこの古着屋で十手と着物を用立てたのだ。

ならば何故、一揃えだけしか買わなかったのだ。

駿河屋で使ったのは本物の十手、福寿屋では偽造十手であったということか。

なんだか奇妙だ。

「女は何者だ」

「わかりません。素性を確かめることなんてするはずございません。まっとうな手段で手に入れたわけではございませんからね」

女が何者かは確かめなかったが、羽織と袷は八丁堀の組屋敷で洗濯後に干してあったのを盗んできたことは聞いたそうだ。

「十手は」

源之助は静かに尋ねた。

「すったんだそうですよ。八丁堀の近くの縄暖簾の前で張り込み、ほろ酔い加減で出て来た同心さまを狙ってすったんだとか」

武藤、花田は酔っていた。まんまとすられたというわけだ。

いくら酔っていたとはいえ、八丁堀同心から十手をするとは素人の仕業ではあるまい。

女すりだろう。

しかも相当に胆が据わった腕のいいすりだと思っていい。

女で腕のいいすり、そうそうはいるまい。

大きな手がかりとなりそうだ。

第二章　寒夜の失態

一

古着屋の証言を参考に偽者同心事件は進展を見せた。南北町奉行所で、古着屋に来た女を追うことになったのだ。

人相書きが作成され、江戸中の町役人へと配布された。

五日の晩、源之助は矢作の訪問を受けた。

居間に入って来た矢作は上機嫌で、

「親父殿、さすがだな」

と、賞賛の言葉を投げてきた。

「なんだ、いきなり」

源之助が問い質すと、

「なんだはないだろう。古着屋の摘発だ。親父殿のお手柄ではないか」

矢作は源之助の功と信じて疑っていない。

複雑な心境である。自分の手柄ではない。手柄ではないどころか、古着屋にはなんの疑念も持たず、清之進を急きたてて先を急ごうとした。もし、清之進が古着に興味を示さなければ、十手や着物を見つけ出すことはできなかったのだ。

清之進とても、偽者同心の一件にからめての古着屋探索を意図したわけではない。純粋に古着に好奇心を抱いての行動であったのだ。それゆえ、清之進も自分の手柄とは思っていない。

偽者同心一味の一件は能天気な将軍御曹子によって予想外の進展を見せたのだ。

しかし、将軍御曹子が八丁堀同心の真似事をしていることは、たとえ心許す矢作兵庫助でも明かすわけにはいかない。

「親父殿、どうやってあの古着屋を見つけたのだ」

矢作の問いかけに、

「まあ、その、なんだ」

源之助は珍しく口ごもった。

「ま、いい。八丁堀同心としての親父殿の勘が働いたのだろう」

幸いにも矢作は深くは立ち入ろうとはしなかった。

「あとはよろしく頼む」

無難に返すが言葉に力が入らない。

「やはり、探索の虫が疼いたのではないか。ところが矢作は、おれと源太郎の誘いは断ったものの、堪(こら)えきれずに一人で探索を行ったのだろう。いや、責めてはおらん。それでこそ、蔵間源之助だと見直しておるのだ」

「わたしのことよりも、女の行方、しっかりと追ってくれ。もちろん、偽者同心一味のこともな」

源之助が話題を女に向けると、

「おお、わかっているさ。これからは、おれに任せてくれ」

矢作らしい頼もしい言葉が返された。

源之助の屋敷を出ると矢作は自分の組屋敷へと帰って行った。厳しい夜風も気にならない。それどころか、火照(ほて)った頬にはまことに心地良いとさえ思えてくる。探索の成果が出た時ほど心浮き立つことはないとつくづく噛みしめる。

と、柳の木陰に人影が見えた。夜陰(やいん)に薄(うっす)らとうずくまった女が陰影を刻んでいる。

近づいて、

「どうした」

と、声をかけた。

女は答えない。替わりに苦しげなうめき声が返ってきた。

「具合が悪いのか」

「だ、大丈夫です」

声は弱々しげだ。とても言葉を鵜呑みにはできない。思わず屈(かが)んで女の顔を覗き込んだ。女は矢作にもたれかかってきた。

と、その時、女の手が帯に伸びた。

しまった、と思った時には十手が抜かれていた。

間髪(かんはつ)容れず女は逃げ出した。

「おのれ」

よくもおれを欺(あざむ)きおってという憤りと共に女を追った。月は隠れているが、星は瞬(またた)き、どうにか見失うことはない。

女は八丁堀の屋敷街を抜け越中橋(えっちゅうばし)へと向かった。

速度を上げる。

越中橋に差し掛かったところで目の前に男が飛び出した。避けようと思ったが間に合わなかった。男は夜鳴き蕎麦屋であった。振り分け屋台ごと橋の上に転倒してしまった。蕎麦が散乱し、

「旦那、どうしてくれるんですよ」

蕎麦屋はまさに泣き声だ。

関わってはいられないのだが、そういうわけにもいかず、

「すまん」

矢作が謝っても、

「すまんじゃねえですよ」

蕎麦屋は収まらない。その間にも女の姿は闇に消えていた。

最早、追いかけても無駄だろう。

「すまなかった。これで、収めてくれ」

今夜中の商いに充当する銭、ざっと二朱を渡した。現金なもので、蕎麦屋は泣きべそ顔を一変させ、今夜は働かなくていいと笑みを広げた。

女にまんまとしてやられた。

矢作は十手を奪われた。

「ぬかった」

いくら悔いても遅い。女を見つけ出すどころか、女によって十手を奪われるとは情けない。

自分の頰を拳で打った。

いくら殴っても自分を許せない。なんというどじを踏んだのだ。

「馬鹿だ。おれは、なんて馬鹿だ」

矢作は肩を落とした。


その足で源之助の屋敷に戻った。源之助ではなく源太郎の屋敷に顔を出す。

「どうしたの、兄さん、こんな夜更けに」

美津が抗議の目を向けてきた。わけは答えず、

「源太郎、いるか」

ぶっきらぼうに返す。

「え、ええ……」

矢作のただならぬ様子に美津はうなずく。矢作は足音高らかに廊下を奥に進む。居

間に入ると源太郎がいた。

「どうしたのですか」

源太郎も戸惑いの目をした。

「しくじった」

矢作は言うやどっかとあぐらをかいた。

美津も心配そうな顔で居間に入って来た。源太郎が、

「どうしたのですか」

もう一度繰り返すと、

「女に十手を奪われた」

矢作は女に十手を奪われた経緯を語った。源太郎もさすがに動揺を隠せない。

「兄上……」

源太郎は口をもごもごとさせた。

「おれは、明日、奉行所に出仕し、十手を奪われたことを報告する。そして、処分を受ける。よって、偽者同心一味の一件におれは加わることはできん」

矢作は悔しげに唇を噛んだ。

「いや、それは」

源太郎は戸惑い、言葉を続けることができない。美津もさすがに安易に口を挟むことができないでいる。

「すまん」

矢作は頭を下げた。

「十手を奪われることは確かに手抜かりです。ですが、汚名返上ということで探索に加わってください」

「それはできないだろうな。十手なしでは八丁堀同心ではない。代わりの十手を支給してもらえばいいというものではない。十手は畏れ多くも公方さまより預けられておる、八丁堀同心の魂だ。たかだか十手、されど十手だ。武藤と花田のことを笑っておれん」

覚悟を決めると達観した物言いとなった。

「それはそうですが」

源太郎とても八丁堀同心、矢作の言わんとしていることはよくわかる。

「兄さん、どうするの」

美津の問いかけに、

「だから、処分を受けるつもりだ」

矢作は言った。

「どうもおかしい」

源太郎は呟いた。

「何がおかしいのだ」

矢作はむっとして問い返す。自分のことを揶揄（やゆ）したとばかり思ったのだが、源太郎はどうもそうではないようだ。

「女がわざわざ兄上のことを狙ったということですよ。八丁堀同心の十手を奪うために八丁堀の組屋敷に潜んでいたのでしょうが、八丁堀同心なら誰でもいいというわけではなく、兄上を狙ったとは考えられないでしょうか」

源太郎は言った。

「それはどうかな」

矢作は判断がつかないが、そう言われてみれば源太郎の言う通りかもしれない。

「きっと、そうよ」

美津も言った。

「そうだとしたら、どうしておれを」

「ひょっとして兄さんに恨みを抱いている者の仕業（しわざ）かもしれないわよ。わざわざ、八丁堀同心を騙って盗みを働いたのも、兄さんへの意趣返しなのじゃないのかしら」

「まさか」

否定したものの矢作は半信半疑だ。

「いや、美津の言った可能性はありますよ。八丁堀の屋敷街には何人もの同心が通ったし、わたしだって歩いていた。それなのに兄上に狙いをつけたということは、よほどの事情があってのことでしょう」

源太郎の言葉を受けて、

「兄さん、心当たりないの」

美津が問いかけた

「ないな」

首を横に振ったものの確信はない。むしろ不安が胸に渦巻いてきた。八丁堀同心というものは恨みを買うし、ましてや自分はしばしば強引な手口を使ってきたのだ。

二

矢作の災難を知ることもなく源之助は二日後の七日、清之進との待ち合わせの場である日本橋の高札場へとやって来た。

清之進の八丁堀同心道楽に付き合ったのだが、思いもかけぬ手がかりを得ることになったため嫌ではない。清之進に手柄を立てた意識はなく、はなはだ偶然の産物以外の何物でもないのだが、ともかく感謝せねばならない。

清之進、不思議な運を持っているのかもしれない。

そう思って、日本橋の雑踏の中に身を委ねる。高札場の前でたたずむ源之助に迷惑そうな目を向けてくる者がいるが、睨み返すといかつい顔に恐れをなしたのか目をそむけるばかりだ。

ところが、清之進は現れない。約束の刻限をとっくに過ぎているというのに、やって来ない。

「所詮は御曹子か」

身体の具合が悪いのか。それとも、飽きてしまったのか。

庶子とはいえ、将軍の血筋を引く清之進を待たずに立ち去るわけにはいかない。

もう少し、待ってみようと、四半時、半時が過ぎた。

朝四つ（午前十時）の待ち合わせといったら、清之進は一時の幅を考えているのかもしれないと思って四つから昼九つぎりぎりまで待ってみたが、清之進が姿を現すことはなかった。

やはり、来ないか。

清之進のために、今日はどこを回ろう。八丁堀同心の仕事をわかっていただくには

どのように回ればいいか、段取りを考えていた自分が馬鹿馬鹿しくなった。

「ふん」

石ころを蹴飛ばしたところで、

「蔵間さま」

と、声をかけられた。

声の方を見ると、京次である。

歌舞伎の京次、かつて源之助が手札を与えた岡っ引だ。

歌舞伎の京次という二つ名が示すように元は中村座で役者修業をしていたが、性質の悪い客と喧嘩沙汰を起こして役者をやめた。お縄となって源之助が取り調べに当たった。口達者で人当たりがよく、肝も据わっている京次を気に入り岡っ引修業をさせると、源之助の目利き通り腕利きの岡っ引となった。今では、神田、日本橋界隈で、「歌舞伎の親分」と慕われている。

源之助が居眠り番に左遷されて後は源太郎の岡っ引をしているが、目下源太郎は矢

作と偽者同心探索に専念しているため、町廻りに携わっていないことから京次は単独で行動しているようだ。

「どうなさったんですか。こんな所でぼうっと立っていらっしゃるなんて、蔵間さまらしくござんせんよ」

京次に言われるまでもない。

「まあ、ちょっとな」

将軍御曹子に待ちぼうけを食ったとは言えなかった。

「何か影御用ですかい」

「違うのだがな」

つい曖昧(あいまい)に言葉が濁ってしまう。なんだか気恥ずかしくなってしまった。

「どうです、茶でも飲みますか」

断る理由はない。

「よかろう」

源之助が承知をすると、京次は目についた茶店に入って行った。茶と草団子を頼む。

「例の偽者同心一味の一件、何か進展がありましたか」

「それがな」

古着屋の摘発を話した。但し、清之進のことは伏せておいた。

「あっしも、福寿屋に押し入った偽者同心の似顔絵を元にしたっていう人相書きを手に神田、日本橋、上野界隈を当たっているんですがね。さっぱり見つかりませんや」

京次はぺこりと頭を下げた。

「おまえのせいじゃない。地道に探索を続けておれば、そのうちに浮かび上がってくるものだ。絶対に下手人は尻尾を出す」

「そうですよね。諦めちゃいけませんや。今回の一件は源太郎さまと矢作さまが当たられているんですからね、下手人は間違いなく挙げられますよ」

京次の話を聞きながらも清之進のことが頭から離れない。あの無邪気な笑顔が脳裏を去らない。

「どうかなさいましたか。いつもの蔵間さまじゃないようですよ」

「自分ではいつも通りだと思っておるのだがな」

心当たりがあるだけに笑って誤魔化した。

「ともかく、あたしも一生懸命歩きますよ」

と、言いながらも京次は得心がいかないようだ。いくら探しても、まるで雲を摑むかのような手応えのなさだという。

すると、茶店の客が読売を広げている。何気ないやり取りだが、どうにも気になることが耳に入ってきた。

「どじな同心だな」

「十手を奪われたんだってよ」

「これじゃ、同心を騙られるのもあたりまえだ」

「ほんと、ほんと。南町も落ちたものだ」

二人のやり取りは京次の耳にも入り、読売を覗き込もうとしたが目の前で売っている読売を買った方が早いとばかりに店を飛び出して読売を買って戻って来た。それを源之助に手渡す。

読売は南町奉行所の同心矢作兵庫助が十手を奪い取られた記事だ。

「なんだと」

これには思わず源之助も声を上げてしまった。

「矢作さまらしくもねえですね」

京次も呻(うめ)いた。

読売によると、矢作兵庫助は八丁堀の組屋敷に戻る途中に十手を奪われたと記され、読売が大々的に嘲笑(あざわら)っているのは、矢作が十手を奪われたこともさることながら、奪われた手口にあった。

女は矢作に近づき、矢作を色仕掛けで籠絡した。矢作はまんまと女の色香に惑わされて奪われたと読売は蔑んでいた。

矢作はとんだ笑い者であった。

「ひでえこと書きやがる」

憤る京次の横で源之助は黙り込んだ。

「見てきたようなことを書きやがって」

京次がなじるのは当然のことで、矢作が女に十手を奪われた現場に立ち会ったわけでもないのに、その場で見聞きしたかのような記事である。

もっとも、読売とはそうしたものなのだが。

「矢作さま、本当に十手を奪われたんですかね」

「わからん」

聞いていない。ともかく、放ってはおけないことだ。幸い、今日は清之進と町廻りをするつもりでいた。その清之進が来ないとなれば、身体が空くというものだ。

「京次、この読売の記事を書いた者、気になるな」

「こんな大事、蔵間さまのお耳に入る前に読売の記事になるなんて。しかも、一昨日の晩の出来事ってことは、いかにも読売になるのが早いというか手回しがよ過ぎますよ」

　京次の言う通りである。

「矢作から十手を奪った女と読売屋とはなんらかの繋がりがあると見ていいだろう」

「なら、あっしは読売屋を当たりますぜ」

　京次は勇み立った。これまでの、雲を摑むような偽者同心追及の鬱憤を晴らすかのようだ。

「わたしは矢作の所へ行ってみる」

　源之助は読売を手に握りしめて立ち上がった。


　その足で南町奉行所を訪ねた。南町奉行所前には大勢の野次馬が詰めかけて女に十手を奪われたどじな同心を一目見ようとたむろしている。まったく、これだから物見高い者たちは困るのだと内心で毒づきながら表門の潜り戸から身を入れ、同心詰所を覗くと矢作の姿はない。

　同僚たちによると、矢作は十手を奪われたことを報告し、自宅で謹慎しているということだ。

どうやら、十手を奪われたことは事実であるようだ。

一路八丁堀の組屋敷へと向かった。


矢作の屋敷にやって来た。

「わたしだ」

玄関の格子戸を開けて大きな声で呼びかける。すぐに、

「上がってくれ」

矢作の声が返された。声は大きく張りがあることから、気力は衰えていないようで
まずはひと安心だ。

玄関を上がり廊下を奥に進む。

居間で矢作は正座をしていた。腕を組んで怖い顔をしている。月代や無精髭が薄ら
と伸びていた。

「聞いたのか」

気まずそうに矢作は問うてきた。

「これだ」

読売を差し出す。ざっと目を通した矢作は強がりからか豪快に笑い飛ばしてから、

「笑い事ではないな」

　表情を引き締めた。

「ずいぶんと派手に書き立てられたな」

「役者にでもなった気分だ」

「おまえらしい物言いだが、事実はどうなのだ」

「もちろん、おれがこの女の色香に惑わされたということはない。ただ、油断をつかれて奪われたことは事実だ。おれの手抜かりに間違いはない。だから、こうして謹慎している」

「むろん、わたしとておまえが女に惑わされたとは思わん。しかし、読売にまで載るということは、女が読売屋にネタを持ち込んだのかもしれん。となると、女はおまえに恨みを抱いているのではないか」

「おれもそれを考えていたところだ」

「何か心当たりはないのか」

　源之助に問われ、矢作は思案するように唸った。

「それがわかれば、いいのだがな、思わぬところで恨みを買うのが八丁堀同心だからな。ましてや、おれは恨みを買いやすい」

腕組みしながら矢作は言った。

三

「これからどうする気だ」

「御奉行の裁許を待つだけだ」

「下手人を挙げようとは思わぬのか」

「挙げたいがな。とんだ悪評を立ててしまった。おれが動くと奉行所に迷惑をかけてしまう」

「おまえらしくもない。矢作兵庫助は南町きっての暴れん坊であろう。本領を発揮したらどうだ」

元気づけようとしたのだが、煽ってしまったのかもしれない。だが、無責任だとは思わない。八丁堀同心のふりをする、十手を奪う、まさしく卑劣な手段を取る悪党どもと対決するには非常な手法がとられてもよい。

それくらいの覚悟が必要だと源之助は思った。

「今、京次が読売屋に当たりをつけている。その結果次第では女すりの所在がわかるかもしれん」

「それはすまんな。親父殿、動いてくれるのか」

「むろん、探索に手を貸したいのだがな」

清之進のことが頭にあるため、ついつい言葉が濁ってしまう。

「どうしたのだ」

源之助の迷いを矢作は敏感に察知した。

「どうした影御用を引き受けているのか」

「まあ、そんなところだ」

「厄介な御用か」

「まあな」

つい清之進の顔が浮かぶ。困難というよりは厄介(やっかい)という表現がぴったりだ。

「親父殿が申されるのだから、よっぽどの厄介事なのだろうな」

気を遣う矢作に申し訳なく思ってしまう。

「ともかく、達者でよかった」

源之助は言った。

「おれは、図太いのがいいところでな」

矢作は高笑いをした。

「その調子だ」

「まあ、考えてみるよ。今後の身の振り方をな」

表情を引き締め、矢作は言った。

京次は読売屋を訪ねた。芝神明宮近くの三島町、この辺りは絵双紙屋が軒を連ねている。そのうちの一軒閻魔屋が読売の発行元であった。

閻魔屋はこれまでにもお上の御政道を批判する読売を発行し、奉行所から摘発されたこともあった。主人の朝吉は懲りることもなく、醜聞めいた記事を仰々しい絵で飾り立てて発行し続けているのである。

閻魔大王に代わって世の中にはびこる悪を裁くとうそぶいているそうだ。

「御免よ」

京次は暖簾を潜った。

帳場格子に座る男が顔を伸ばした。のっぺりとした顔ながら、ぎょろっとした目が目敏そうで、いかにも読売屋を思わせる。京次は腰の十手をちらっと見せた。朝吉は心得たもので、

「まあ、上がってくんねえ」

と、まるで友人に対するような馴れ馴れしさで声をかけてきた。

京次は腹立ちを胸に仕舞い、店に上がり込んだ。

「用向きはわかっているな」

京次は言った。

「これでやんしょ」

まったく、舐めきった物言いである。朝吉は矢作が十手をすられた記事が書かれた読売を右手でひらひらと振って見せた。

「わかってるんなら、話は早いぜ。このネタ、誰が持ち込んだんだ。いや、女すりが持ち込んだに違(ちげ)えねえと踏んでいるんだがな」

京次は言った。

「さてね」

浅吉はあくびをした。

「てめえ、舐めてるんじゃねえぞ」

腰を浮かすや京次は浅吉の胸ぐらを摑み、二度、三度大きく揺さぶった。薄ら笑いを浮かべたまま、

「舐めてやしませんぜ。これだから、岡っ引ってのは性質が悪いんだよ」

朝吉はまったく動じていない。肝が据わっているというより、町奉行所に目をつけられることに慣れているのだろう。

「白状しろ。女から買ったんだろう」

「知らないね」

「知らないってことはないだろう」

思わず拳を振り上げたところで、

「おっと、あたしを殴るつもりかい。どうぞ、殴りゃいいさ。あたしゃ、おまえさんのひどい仕打ちを書きたてるだけだからね」

脅しめいたことを言って朝吉は一向に屈することはない。

それどころか、

「あのね、ネタ元は明かさないってことが読売屋の信用なんだよ」

読売屋の矜持だと誇らしげだ。

「立派なこと言ってくれるじゃねえか。だがな、ネタ元が科人だったらおめえだって無事にはすまねえぜ」

「あたしを責めるのはお門違いってもんだ。そもそも、十手をすられるどじな同心がいることの方が問題なんじゃないのかい」

朝吉らしい開き直った物言いである。殴りつけてやりたくなったが、手を上げては相手の思う壺である。ぐっと堪えて、

「どんな女だったんだ」

声の調子を落ち着かせてもう一度尋ねた。

「だから、明かすわけにはいかないって、何度言ったらわかるんだい」

朝吉は声を高めた。この調子では絶対に口を割らないだろう。

「さあ、帰っておくれな。あたしはね、暇じゃないんだよ」

「わかったよ。だがな、そうそう好き勝手を書いていられると思うなよ」

捨て台詞（ぜりふ）を投げかけてから京次は店を出た。

このままでは腹の虫が収まらない。

なんとかしてあの糞生意気な朝吉の口を割らせなければと思案をする。ネタ元を確かめようと、店の前で張り込むことにした。

閻魔屋にはガセネタを含めて、様々なネタが持ち込まれる。まっとうな連中ばかりではないだろう。

そのうちの誰かから話を聞き出すとするか。

京次の狙いは的中した。

ネタを買ってもらおうとやって来た、しょぼくれた初老の男に注目した。閻魔屋から朝吉の嘲(あざけ)りの声が聞こえたからだ。

「とっつあん、もっと、いいネタを持ってこなきゃいけねえよ。どこそこの店の主(あるじ)が女を囲っているなんて、当たり前すぎて誰の目にも止まりゃしないんだ」

「でも、あの店はこの界隈じゃ有名だしさ、だからさ」

老人は言った。

「有名だからってね、女が囲われた程度の話じゃ当節、誰もよろこびゃしないんだよ。帰りな」

けんもほろろに朝吉に言われても、

「せっかく来たんだ。いくらかくんねえかな。何、ちょいと一杯飲めるくれえでいいんだ」

老人は必死で頼み込んだ。

「駄目だ、そんなネタに銭なんか払えないさ」

「せっかく、足を運んだんだからさ」

「そりゃ、あんたの勝手だろう。帰りな。じゃないと今度来たって買わないよ」

頑として朝吉に拒絶され、

「つれねえな」

老人は肩を落として店から出て来た。何度か店を振り返り、口の中でもごもごと悪態を吐いていたが石ころを蹴飛ばした。石ころは転がって京次の足元で止まった。

はっとしたように老人は京次を見た。

京次はにやりと笑って、

「ネタ、買ってくれなかったのかい」

と、声をかけた。

「あんたには関わりねえだろう」

老人は関わりを避けるようにして京次の横をすり抜けようとした。それを、

「ちょいと、付き合ってくんねえ」

京次は呼び止めた。

老人が戸惑いの顔を向けてくる。

「ちょいと、一杯やりながらな」

猪口（ちょこ）を傾ける真似をしたところで、老人の表情が柔らかくなった。

「もちろん、おれの奢りだぜ」

京次が言うと、

「すまねえな」

老人は相好を崩した。

京次は老人を誘い、目についた蕎麦屋に入った。まずは燗酒を頼む。

「さあ、飲んでくんな」

京次はちろりを老人に向けた。

「悪いな」

老人は長次郎だと名乗った。大工をしていたのだが、腕を怪我して三島町の料理屋の下足番になったそうだ。下足番をやりながら、料理屋に出入りしている男女の醜聞を朝吉に買ってもらっているのだとか。

「実はな、おれもちっとばかり小遣い稼ぎがしたくってな、朝吉ならいろいろなネタを買ってくれるって聞いたもんでね」

「あんた、何をやっていなさるんだ」

長次郎に聞かれ、京次はそっと十手を見せた。長次郎はぎょっとなって立ち上がろうとした。

「まあ、いいじゃねえか。おれはこれで、いろいろな醜聞を摑むことができるんだ。だからな、せっかくのネタを只で捨てるのは惜しい気がしてな。朝吉なら高く買ってくれるんじゃないかと思ってやって来たんだ。だが、どうも朝吉って男、癖があってな、それに今、十手持ちを嫌っているようなんだ」

京次は言った。

「へえ、十手持ちなら面白いネタが拾えそうだな」

長次郎は興味を示した。

「とっつあん、どんなもんだろうな」

「今、あいつは八丁堀同心ネタで儲けようとしてやがるからな」

長次郎は言った。

四

長次郎は元々はあのネタは自分が教えてやったもんだと言った。呂律（ろれつ）が怪しくなっているため酒で気が大きくなっているのだろうが、大いに興味をそそる話である。

「同心のふりして盗みをしている連中のネタ、ありゃね、元々はうちの料理屋で女中奉公していたお縫(ぬい)って女が元なんですよ」

長次郎は言った。

お縫は南町の同心に異常な恨みを抱いていたそうだ。

「そりゃまたどうしてなんだい」

「詳しくは聞かなかったけど、恨んでいる同心の名前なら聞いたよ」

「誰だい」

「読売に載っていた同心さ」

長次郎は言った。

矢作兵庫助だ。お縫という女がどうして矢作に恨みを抱いているのかはわからない。本人に確かめてみよう。長次郎はすっかりいい気分になったようで饒舌(じょうぜつ)になった。料理屋を利用する客たちの醜聞めいた話を得意げに話し始めた。

話の腰を折ることなく適当に相槌を打ちながら話を聞いてやり、お縫の住まいを聞き出すことができた。

三島町の隣、日陰町(ひかげちょう)の長屋ということだ。

「とっつあん、面白い話を聞かせてくれてありがとうな」

飲み代に謝礼を加えた銭を置き店を出た。

　お縫が住む長屋に向かった。

　日陰町という町名通り、午前中は巨大な大名屋敷の陰となって日当たりが悪く、おまけに海にも近いとあって冬の間の寒さといったらない。それでも、今は昼を過ぎ頭上から日輪が降り注ぎ、町名とは異なる明るい街並みが続いていた。

　長屋の木戸に立ち、大家にお縫の住まいを確かめる。長屋の真ん中が住まいとわかり、訪ねようと思ったところで女が家から出て来た。歳の頃、二十代半ば、髪を丸髷(まるまげ)に結い、弁慶縞(べんけいじま)の小袖を身に着け、気の強そうな面差(おもざ)しは古着屋に十手を売りに来た女の人相書きとそっくりだ。

　声をかけようと思ったが、つけることにした。

　お縫は人込みに身を任せ日陰町から三島町に向かった。三島町に至ると軒を連ねる絵双紙屋の前を何度も行ったり来たりを繰り返している。

「さては」

　お縫は獲物、すなわち、する相手を物色(ぶっしょく)しているのだ。

　京次は距離を置き、お縫の様子を窺った。お縫は店先で絵双紙を立ち読みしている店者風(たなもの)の男の背後に近づいた。男は絵双紙に夢中になっている。身を屈め見入ったところでお縫がさりげない様子で横に屈んだ。

　そしてさりげなく、男の袂に右手を入れると風のような速さで財布を抜き取った。

と、京次が右手を十手で叩いた。

　お縫は驚き、手から財布を落としてしまった。京次は何げない様子で財布を拾い上げ、

「旦那、財布、落としましたぜ」

　と、男に声をかけた。

　男は目を白黒させたが、

「ああ、こりゃすまない。つい、絵双紙に夢中になってしまって」

　愛想よく受け取ると、中から一朱金を取り出し、京次に礼だと言ってくれた。京次は素直に受け取る。お縫は立ち去ろうとした。京次は先回りをして、

「ちょっくら、話を聞かせてもらおうか」

　しかし、素知らぬ顔でお縫は京次の横をすり抜けようとした。それを、

「待ちな。さっきの旦那が銭をくれたんだ。茶くれえ飲んだっていいだろう」

　声にどすを効かせた。

観念したようにうなずくとお縫は歩きだした。芝神明宮の境内の片隅に行き、

「ここでいいでしょう」

どこの店にも入ろうとしないのは長話をしたくないからだろう。

「わかってますよ。あと一遍見つかったら、お縄ですね」

両手を揃えて突き出し、お縫はお縄にかかるような恰好をした。

「おまえ、南町の矢作さまに恨みを抱いているんだな」

ずばり聞き込んだ。

お縫の顔は一瞬、怯(おび)えのようなものが浮かんだがそれも束(つか)の間(ま)のことで、

「誰ですって」

惚(とぼ)けたように横を向いた。

「南町の矢作兵庫助さまだよ。先だって、十手をすり取っただろう」

「ちょいと、いきなりなんですよ。そりゃ、あたしはすりですよ。そのことに関しちゃあ、じたばたしませんや。でもね、なんですか、矢作って」

「なあ、突っぱねるの、わからねえでもないがな、矢作さまってお方は竹を割ったようなお人柄だ。いくらすりだって財布じゃなくって十手を狙うってのは、尋常じゃねえぜ。なあ、どんな恨みだ。そして、すった十手をどこへ持って行ったんだ。矢作さ

まの他にお二方から十手をすったな。その十手は柳原の古着屋に売っただろう。矢作さまの十手はまだ持っているのか」

「知らないよ」

お縫は強く否定し、話はすんだとばかりに足早に立ち去った。

京次は唇を噛んだ。

強引に過ぎた。焦ってしまった。


七日の夕刻、源之助は京次から女すりお縫に関する報告を受け、再び矢作を組屋敷に訪ねた。

居間で矢作にお縫のことを話した。障子が閉じられているものの、所々破れているため隙間風が吹き込んでくる。出仕停止中の身であるからというよりは男の独り住まいゆえのだらしなさであろう。着物の襟を寄せ、火鉢に当たりながら、嫁をもらえと小言を言いたくなったが、今の矢作の窮状を思えば口にすることは憚(はばか)られる。

「芝の三島町に住むお縫という女だ。心当たりはないか」

京次から聞いたお縫の容姿を思い出しながら問いかけた。

「女すりか」

矢作は腕を組んで思案するように天井を見上げた。

「どうだ、思い出したか」

「いや」

矢作は首を横に振る。

「こっちになくても相手にはあるものだ。よく考えてみろ。今のところ、手がかりらしいものはお縫しかないのだからな」

源之助に念押しをされて矢作は真剣に考え始めた。しばらく唸っていたが、

「期待に添えんな……」

心当たりがなさそうである。

「女、女、すり」

矢作は何度も口の中で言葉を繰り返した。

やがて、矢作の目が大きく見開いた。

「そうだ、紋次郎（もんじろう）……。日暮里（にっぽり）の紋次郎だ」

矢作は言った。

「何者だ」

「凄腕のすりでな」

紋次郎は何人もの子分を従え荒稼ぎをしていたそうだ。矢作は紋次郎をお縄にした。

「奴を捕まえるに当たって、おれは、奉行所の中間にすりの振りをさせたのだ」

あらかじめ、すりとすられる囮を用意したという。

すられる商人とすりを装った者たちを日本橋界隈に泳がせて見事すり取ったと見せて、紋次郎に中間を弟子入りさせた。中間の情報を元に紋次郎が大掛かりなすりを仕掛ける現場を取り押さえることができたのである。

「汚いやり口と受け止められたのかもしれないな」

紋次郎は小伝馬町の牢屋敷で病となり、息を引き取ったのだった。

「お縫は紋次郎の子分か」

「いや、娘だと思う」

「なるほど、娘か」

娘が父親の仇と矢作のことを狙っているということだ。

「とんだ逆恨みってところだが、お縫にすれば、おれは憎んでも憎みきれない男ってことだ」

矢作は言った。

「紋次郎の娘、お縫も凄腕のすりということか。でもな、今回の仕業、お縫はあくまでとっかかりにしか過ぎない。お縫がすった十手を使って押し込みを企てた者がいるのだ。で、解せんのは古着屋で買われたのは十手、着物、一揃えだ。押し込みは二軒起きた。つまり、偽者同心は二人いたんだ。もう一揃えの着物と十手はどこで調達したのだろうな」

女すりの素性が割れ、疑問がぶり返した。

「それもわからんな」

矢作の眉間に皺が寄る。

「お縫と偽者同心一味は繋がってはいないようだ。偽者同心一味はお縫からではなく、柳原の古着屋から十手と着物を調達したのだからな」

「それにしても、押し込みを働いた者ども、一向に行方が摑めない。必死で追っているのにわからない」

矢作の言う通りだ。

福寿屋藤五郎のお蔭で明確な人相書きが出回っているにもかかわらず、偽者同心の行方はとんと摑めないのだ。

「地道な探索を続けるしかないということか。そんな大事な時におれは何もできない。情けないやら、どうしようもないな」

自嘲気味な笑みが矢作の顔に浮かんだ。

「しょげるな。おまえらしくないぞ」

「わかっているがな、何もできないもどかしさといったらないぞ」

「こんなことを申してはなんだが、わたしとて謹慎したことがあった。居眠り番に追いやられた時にな」

源之助は苦い経験を持ち出した。矢作はうなずきながら、

「そうだな。こんなことでくよくよしていたら、どうしようもないな」

「その意気だ。決して諦めるな。諦めたらそれでおしまいだぞ」

「わかったよ、親父殿」

矢作はにんまりとした。

「ともかく、わたしがお縫に当たりをつけてみる」

「頼む」

「任せておけ」

と、言いながらも清之進のことが頭を離れない。

清之進、果たして今後も八丁堀同心の真似事を続けるつもりなのだろうか。

五

お縫は矢作から十手をすったことを辿られて、動揺した。やはり、町奉行所というのはあなどれない。

芝の浜近くにある船宿の二階でお縫は男と会っていた。三十前後の男前である。

「やばいよ」

お縫は言った。

「気にすることはねえよ」

男は、卯吉といい、父紋次郎の手下であった。卯吉は紋次郎の手下の中でも一番と評判の腕利きのすりだった。

「おまいさんは、大丈夫って言うけどさ、あたしは岡っ引からしっかりと目をつけられたんだよ」

「目をつけられたからって、それだけのことさ。その先のことはわかりゃしない。お縫は南町の同心二人から十手をすり、古着屋に売ったんだ。町方は、せいぜいそこまでしか辿れないんだよ」

励ますように卯吉は言った。

お縫はうなずきながらも不安そうに、

「これから、どうするのさ」

「しばらく、なりを潜めてから江戸を出て行くさ」

卯吉はお縫を抱き寄せた。お縫は卯吉の胸に顔を埋め、

「江戸を出るって、いつになるのさ」

「見極めているんだ。親父さんの仇を取って、大きく稼いでから江戸をおさらばするんだ。もう一仕事だ」

「もう一仕事っていうと、何をするんだい。もう、八丁堀同心になりすまして押し込みをすることはできないよ。町方からの触れが回っているから、商家だって用心しているさ。まさか、このままほとぼりが冷めるのを待つってことじゃないだろうね」

お縫は顔を上げ卯吉を向いて口を尖らせた。

「そんなつもりはないさ」

卯吉が返したところで、階段を上がる足音が近づいてきた。

「おいでなすったか」

卯吉が言ったところで、

「ちょっと、遅れてしまったね」

入って来たのは読売屋閻魔屋の朝吉である。手拭を吉原被りにした朝吉は煙管を横咥えにして二人の前にあぐらをかいた。

お縫が、

「京次って岡っ引があたしのこと手繰(たぐ)って来たよ」

ぶっきらぼうに言い放った。朝吉は動ずることなく、

「構やしないさ」

と、言って卯吉を見る。卯吉も我が意を得たりとばかりにうなずいた。

「これからさ、これから、もっと、大仕掛けが動きだすんだからね。慌てることないよ。いいかい、読売で町奉行所の面目を貶(おとし)めてやるんだ。町奉行所の看板に泥を塗ってやる。いや、泥を塗るどころか足蹴(あしげ)にしてやるさ」

朝吉は息巻いた。

「その意気だ」

卯吉も諸手(もろて)を挙げて意気軒昂となった。

「一体、どうするのさ。あんたの読売で町奉行所の失態を書き立てたところで、所詮は醜聞にしか過ぎないよ」

不満を言い立てるお縫に、

「もちろん、あたしだってそんなけちなことを続けるつもりはないんだ」

朝吉は言った。

「じれったいね。どんなことをしようってんだい」

「南の御奉行岩瀬伊予守を殺すのさ。しかも、同心の手でね」

「なんだって」

さすがにお縫の声が大きくなった。横で卯吉はにやにやしている。

「奉行殺しの罪で同心が罪人になったとあっちゃあ、奉行所の沽券は失墜どころじゃないさ。地に落ちるよ」

朝吉は高笑いをした。

「そりゃ、そうだろうけどさ。そんなことできるのかい」

想像を超えた悪事過ぎてお縫には実感できないようだ。

「それが一番の仕返しだよ。おまえのおとっつあんの仇討になるんだ」

朝吉の言葉を受けた卯吉が、

「そうだよ。だから、ここでものをいうのがおまえだよ」

「どういうことだい」

お縫は問いかけながらも、二人の思惑に心当たりがあるかのように身を震わせた。

朝吉も卯吉もにやにやと笑っている。

「矢作かい」

お縫が言うと、

「そういうことさ」

卯吉が返事をし、朝吉は三味線を弾く真似をして、

「いいかい、こんな面白いことはないんだよ」

「矢作に奉行を殺させようっていうのかい。そんなこと、あいつがするはずがないじゃないか」

「するはずがないことを仕出かすから、面白いんじゃないか。きっと、世間の評判を呼ぶさ。評判を呼ぶどころじゃないよ。奉行所始まって以来の大事件さ。同心が奉行を殺すなんてね」

読売屋の性なのか、大事件に朝吉は楽しそうである。

お縫は表情が暗くなった。卯吉がそのことに気付き、

「どうした。怖気づいたのかい」

「いや、そういうわけじゃ」

言いながらもお縫は明らかに動揺していた。それから、

「矢作に奉行を殺させて何か得があるのかい」

お縫は言った。

卯吉が、

「親父さんの仇を討つんじゃないか」

「矢作から十手を奪ったことで、あたしゃ仇討は十分だと思うけどね」

「それじゃ、甘いよ。そんな程度じゃ親父さんは浮かばれない。もっと、矢作を苦しませ、恥をかかせなきゃ駄目だ」

卯吉が言うと朝吉もそうだというように大きく首肯（しゅこう）した。

「おとっつあんの仕返しだけじゃないだろう。あんたは大儲けを企んでいるんじゃないのかい。腹を割ってくれなきゃ、あたしだって納得できないよ。御奉行が同心に殺されたとなりゃ、そりゃ、江戸中がひっくり返るし、あんたの読売は売れるだろうけど、それだけじゃないだろう。読売の儲けがどれくらいのもんか知らないけど、危ない橋を渡ってまでして奉行殺しに値打ちがあるというからには、あんたの懐（ふところ）には相当な金が入るんだろうね」

お縫は言った。

朝吉は笑顔を引っ込めて、

「おまえの言う通りだよ。お縫にも危ない橋を渡ってもらうからには、そうさね、五百両を上げるよ」

「五百両とは、途方もない金だね。なら、あんたはもっと大金を手に入れようって腹なんだろう」

「あたしは全部で五千両を得るよ」

最早隠そうとはせず朝吉は答えた。

「へえ、こりゃ、大層なもんだ」

「当たりまえさ。これまで、お上を敵に回して戦ってきたんだ。しかもね、今回の企てはあたしが絵図を描いているんだよ。いわば今回の企ての勧進元ってことだ。興行の上がりは一旦、あたしの所に入ってそれから役者衆に分配するっていうのが筋ってもんじゃないか」

「ふん、勧進元気取りかい。悪事の勧進元ってわけだ」

お縫は失笑を漏らした。

「芝居は始まったばかりだ。これからが肝心だ。しっかり頼むよ」

卯吉が、

「そうだ。段取りはきちんと踏まないとな。それと、肝を据えてかからねえとしくじる」

「わかってるさ」

見損なうなとばかりにお縫は目をむいた。気の強さを示したお縫に卯吉も朝吉も安堵の表情を浮かべる。

「さすがは、親父さんの娘だけはある。親父さんも草葉の陰で喜んでいなさるよ」

急に卯吉はしんみりとなった。

「おっと、喜ぶのは事がなってからだ」

「でもさ、どうしてあんたん所に五千両もの大金が転がり込むのさ」

「金主(きんしゅ)がついているんだよ」

「誰だい」

お縫の問いかけに朝吉は薄笑いを浮かべるものの、素性を明かそうとはしない。それが、お縫には不気味であり、いま一つ信用できない思いにもなった。

「なら、頼むよ」

朝吉は軽やかな足取りで立ち去った。

お縫は卯吉に向いて、

「本当に大丈夫なのかい」

「大丈夫だよ」

「なんだか、危ういよ。調子のいいことばっかり言ってさ。金主って誰なのさ」

「それはわからねえよ」

「読売屋に五千両の金を払う金主って、何者だろうね」

「そんなこと知らなくたっていいじゃないか。五百両が入るんだ。そうしたら、江戸を出て上方へでも行って、のんびり暮らせばいいさ。おれとじゃいやか」

再び卯吉はお縫を抱き寄せた。

お縫は卯吉にしなだれかかったものの、目つきは険しいままだった。

六

明くる八日の夕暮れ、矢作は悶々とした時を過ごしていた。

挫けてはならないと思いつつも、どうしようもないもどかしさから逃れることはできない。

紋次郎と娘、つくづくと恨まれたものだ。八丁堀同心の宿命なのかもしれないが娘にも恨まれるとは心外である。つくづく因果な稼業だが、矢作は悔いがない。生まれ変わるとしてもやはり八丁堀同心になるだろう。

そんなことを思っていると、

「兄上」

と、源太郎の声がした。

「おお」

矢作は母屋の縁側に出た。源太郎が庭を横切ってやって来る。源太郎は瓢を持って来た。

「兄上、薬湯でござる」

言いながら瓢を渡された。

「すまんな」

矢作は瓢から酒を口に含みごくりと呑み込んだ。

「これは効くな」

破顔させ、口の周りに生えた無精髭を手で拭う。

「どうだ、探索の方は」

矢作に問われ源太郎はうつむき加減に、

「それが」

と、唇を噛んだ。

「そうか」

「すいません」

「謝ることはない」

「いや、面目ないと思っています。兄上が歯軋りしているんだと思うと自分の努力が足りないようで、探し方が足らないようで……。もちろん、奉行所でも懸命に追っているんですがね」

源太郎はひたすら自分の責任だと嘆いた。

「そう、自分を責めるもんじゃない」

「そうはいっても」

源太郎はもどかしさで悔しいのだと散々に嘆いた。

「何かおかしいな」

「おかしいとは」

おやっという顔で源太郎が問い直す。

「根本で間違っているのじゃないか」

「根本とおっしゃいますと」

「偽者同心を追っているのは何に基づいているのだ」

「それは、兄上と父上が駆けつけた福寿屋藤五郎が描いた似顔絵を元にした人相書きですよ」

「藤五郎の似顔絵と証言に基づいて人相書きを作成し、人相書きを頼りに偽者同心の行方を追っているのだったな」

わかりきったことなのに、矢作は慎重な物言いだ。

「わたしが駆けつけた芝の駿河屋の証言は極めてあいまいでしたから、福寿屋藤五郎の証言はありがたいものでしたが……」

話しているうちに源太郎は次第に言葉が濁ってゆく。

「ということは」

矢作はここで思わせぶりに言葉を止めた。

「まさか、兄上、藤五郎の証言と似顔絵が偽りであったと」

「決めつけられんが、その可能性はあると思うぞ」

満更(まんざら)あり得ないことではない。

「ということは、福寿屋藤五郎が怪しいと」

「福寿屋、もう一度当たってみるべきだな」

「わかりました」

前途に光が差したような心持ちとなった。

「頼むぞ」

矢作の期待を受け、源太郎は大きくうなずくと、

「では、早速」

と、屋敷から出て行った。

矢作は瓢に残る酒を呷（あお）る。やはり、酒は美味い。もっとも、出仕停止の最中ゆえ、余計に美味く思えるのかもしれない。

すると、

「失礼します」

と、魚売りが入って来た。まさか、源太郎が魚の手配をしたわけではあるまい。

と、思っていると魚売りは一通の書付を手渡してきた。なんだといぶかしむと、魚売りは通りすがりの男に手渡されたのだそうだ。

矢作は書付に目を通した。

「十手を返す、暮れ六つに湊稲荷（みなといなり）で待つ、縫、とあった」

縫、紋次郎の娘だ。

十手を返すとはいかにも怪しい。

きっと、何か魂胆(こんたん)があってのことだろう。だが、それで行かないという気にはならない。お縫の本音を確かめてみたいし、もっと考えれば偽者同心一味への手がかりとなるかもしれないのだ。

その一方で罠の臭いは否定できない。

どうする。

行かずにはいられない。

行くのが矢作兵庫助だ。

指定された湊稲荷の鳥居前にやって来た。

鉄砲洲(てっぽうず)稲荷橋の南詰めにあり、人造富士である富士塚がある。八丁堀の南に位置し、八丁堀の鎮守(ちんじゅ)でもあった。海が間近とあって潮風と波の音が辺りを覆っている。

暮れ六つとなり、地平の彼方は茜(あかね)に染まっているものの、中天は紫が濃くなっている。暗がりから、

「矢作の旦那」

という声がかかった。

「お縫か」

矢作が問い返すと、女が現れた。提灯の灯りに浮かぶ姿はまさしく十手をすった女、すなわちお縫である。

「おまえから会いたいとは意外だな」

矢作は言った。

「おとっつあんの恨み、忘れちゃいないよ」

お縫は言った。

「紋次郎の死は、なるほどおれにも責任の一端があるかもしれない。だがな、おれは八丁堀同心としての役目を果たしただけだ。汚いやり口と受け取ってもらっても悔いはない」

「ふてぶてしいね旦那は」

言っているお縫も相当にしたたかだ。

やおら、

「偽者の同心たちと繋がっておるのか」

矢作は詰め寄った。

「さあね」

いなすようにお縫は横を向く。

「おれの十手はどうした。十手を返すのではないのか」

「返してやってもいい。でもね、その前におとっつあんの墓に参って欲しいのさ」

お縫は紋次郎の墓参りを強く求めた。

「わかった。いいだろう」

矢作は承知した。

紋次郎の墓参をすることに不満はない。紋次郎が牢屋敷で死んだのは患ったからで矢作が殺したわけではないが、捕縛したから牢屋敷で死ぬことになったとお縫が恨んだとしても無理はない。それに、すりの親分であろうと死ねば仏だ。

「なら、行くよ」

お縫は歩きだした。

ここでお縫を捕縛してやろうかという誘惑に駆られる。

だが、躊躇われる。墓参を約束したこともあるが、お縫の意図が読めない。言葉通り、父親の墓参りをさせて悔いを求めるだけではあるまい。自分を墓参させることには必ずその目的とすることがあるだろう。

お縫は薄暮の中をそそとして歩いて行く。提灯の灯りが闇に滲んでいた。

「どこだ」

後ろから声をかける。しかし、お縫は返事をしないどころか立ち止まりもしない。

矢作は舌打ちをして、進んだ。潮風が混じった風は冷たく、羽織を重ねてくるべきだったという後悔が胸をつく。耳が冷たくなり、手がかじかみ息を吹きかけながら進んだ。お縫は寒さを感じないように軽やかな足取りである。矢作への仕返しを考えてのことなのだろうか。

やがて、雑木林の中へと入って行った。

雑木林を抜けたところに小さな寺がある。

どうやら、ここが紋次郎の墓所らしい。

「ここか」

声をかけてもお縫は返事をしない。つくづく恨まれたものだと失笑が漏れてくる。

お縫は本堂の裏手へと向かった。

裏は墓場となっている。夕闇迫る墓地は冬ざれの寂しさが漂っていた。一つの卒塔婆の前にお縫は立った。提灯で照らしながら、

「おとっつあんだよ」

お縫は言った。

矢作はうなずくと、卒塔婆の前に屈み込んだ。両手を合わせ、卒塔婆を見る。紋次郎の顔を思い出そうとした。

しかし、顔を思い出すことができない。

ともかく、冥福を祈る。

「おとっつあん、矢作を連れて来たよ。憎い男だろう。その男がおとっつあんの冥福を祈っているんだ。許してやれるかい」

お縫は紋次郎の墓に向かって言った。

矢作は無言で墓を見やる。

「おとっつあん、許してやれるかい」

もう一度、お縫が問いかける。

矢作は無言のままだ。

「ええっ」

お縫は卒塔婆に耳を傾ける。あたかも、紋次郎の答えを聞くかのようだ。死人がしゃべるものかという気になったが、それではお縫の気持ちを逆撫でするだけだ。

「おとっつあん、どうだい」

卒塔婆に耳をつけながらお縫は問いかける。

「そうかい、そうだろうね」

立ち上がったお縫は、

「おとっつあん、なんて言ったと思う」

と、問うてきた。

答えられない。

すると、

「自分で聞いてみな」

と、矢作にも卒塔婆に耳をつけるよう求めてきた。馬鹿馬鹿しいがこれで、お縫の気持ちがすむのならと卒塔婆に耳をつける。

「おとっつあん、どうだい」

お縫が問いかけた。

沈黙が訪れた。枯葉を舞わせる風の音と鳥の鳴き声が耳についた。

矢作は卒塔婆から耳を離し立ち上がった。

お縫を振り返る。

「おとっつあん、おまえを許せないってさ」

冷然と告げたところで背後で足音が聞こえた。慌ただしさからして複数の人間がやって来たようだ。

やおら、脳天に痛みを感じた。

思わず膝をついたと思ったら意識が遠のいた。風の音が耳朶(じだ)に残った。

第三章　名門旗本の野望

一

明くる九日、源太郎は向島小梅村にある福寿屋へとやって来た。

昼の日中だというのに戸が閉まっている。

盗人に金を盗られて大変な時期だというのに店を休むのか。いや、休まなければならないくらいに店の台所事情が悪化したということか。

田畑と雑木林に囲まれた一帯は農家がまばらに建つだけで、商家は見当たらない。競争相手がいないから、商いがしやすいと思うのは安易な考えなのだろうか。もっとも、福寿屋は店売りというよりは行商が中心だという。近在の裕福な庄屋や武家屋敷に出入りしているそうだ。

日本橋の一等地に店を構えては越後屋のような大店には到底かなわないし、店を維持する費用も莫大だ。向島のような郊外であれば、費用はそれほどかからなくてすむし、競争相手もいない。店売りに重きを置かないのなら、盛り場でなくてもいいとは藤五郎という男、まだ三十過ぎだというのにしっかりしている。

主人の藤五郎は人相書き作成に積極的に関与し、あれからも南町奉行所を訪ねて来たそうだ。自分の方から足を運ぶことで、熱意を示したいという意図があってのことであり、福寿屋が向島にあることから、町方のお役人にわざわざ足を運んでもらうに忍びないというもっともな理由を言っていた。

源太郎も藤五郎の言葉を信じてというよりも疑う理由もなく受け入れていたが、矢作との話し合いで根本的な疑惑というものが立ち上がった。

誰か福寿屋を見知っている者はないかと周囲を見渡す。賑わってはいないが数人の行商人が通りかかった。呼びとめ、福寿屋について問いかけたが、福寿屋を知っている者はいない。

辛抱強く待っていると、近在の農民が大根や蕪が入った竹の籠を担いでやって来た。

「福寿屋を知らぬか」

農民は源太郎を見ておやっという顔になったが、

「知っているってほどでもねえですがね」

「店仕舞いしたようだが」

「ええ、主人の藤五郎さんはお歳でしたでね。ほんで、気の毒なことにね」

農民の顔が陰気に曇った。

藤五郎は年寄りではなかったはずだが……。それに、農民の顔つきでよくないことが予想される。そのよくないこととは偽者同心による押し込みの一件なのだろうと思っていると、

「息子さん夫婦が亡くなったですよ」

意外である。

藤五郎は一言も息子夫婦のことは証言していなかった。それに、藤五郎は三十前後、夫婦である子供がいる年齢ではない。

「死んだのは、いつのことだ」

「今年の春、そう、あれは、桜が散った頃だったかね、お嫁さんが病で。その後、息子さんがあとを追うようにこの夏にね」

農民の言葉は取りとめがないものであったが、整理をすると妻が労咳（ろうがい）を患（わずら）い、夫は看病に当たっている間に疲労と感染によって、妻が亡くなってしばらくして後を追う

ようにして死んだのだとか。

「藤五郎さんは大いに落胆なさってね」

藤五郎は商売への情熱を失い、店も閉じるようになったのだとか。

矢作と源之助が駆けつけた時に福寿屋にいたのは藤五郎ではない。賊に違いない。

「奉公人はどうしたのだ」

「奉公人方は十人くらいいらっしゃいましたがね、息子さん夫婦を亡くしてから藤五郎さんがすっかり気落ちされて商いに身が入らなくなったんで、何人か辞めていかれましたよ。最後まで残ったのは番頭さんと手代さんが二人、女中さんが一人でしたね。あんだけの、大店でしたが、そりゃ寂しいもんで、藤五郎さんに挨拶するのが気が引けましたよ」

農民は息子夫婦を亡くした藤五郎へ同情してか小さくため息を吐いた。

矢作と源之助が駆け込んだ時にいた藤五郎以下、奉公人を騙っていた者たちの素性を確かめねばならない。おそらくは、偽者同心の一味ということか。

そうに違いない。

これで南町の十手紛失の辻褄が合う。

矢作がすられる前、南町の同心二人がお縫に十手をすられた。お縫は柳原の古着屋に十手を売った。一つは売れたが一つは残っていた。偽者同心は福寿屋と駿河屋二軒に出没した。駿河屋の茂兵衛は同心を騙る男が持っていた十手は本物だと証言した。福寿屋で偽者同心が見せた十手はどこで調達したのか不明だったが、そもそも偽者同心一味による押し込みはなかったのだ。

したがって十手は一つあれば良かったということになる。源之助にも報せよう。

幸い、この近くの長屋に福寿屋で番頭をしていた梅吉（うめきち）という男がいるそうだ。

梅吉に話を聞こう。

梅吉が住んでいるという長屋を訪ねる。長屋は源森川（げんもりがわ）を渡った中之郷河原町（なかのごうかわらちょう）にあった。梅吉は不在だったものの、大家から近所の碁会所にいるだろうと聞き、碁会所にやって来た。碁を打つ者に梅吉は誰だと聞き、梅吉のそばに立った。

梅吉は真っ白な髪で痩せ細った身体だが、元気そうで碁盤を睨んでいる。白番であった。戦局は終盤を迎えているようだ。黒白、どちらが優勢なのか源太郎にはよくわからない。

ただ、梅吉は夢中になっており、源太郎が呼びかけても源太郎を見もせずに碁盤から視線を動かさない。対局相手が、

「梅さん、こうなると地震がきたって動きゃしないよ」

と、失笑を放った。

仕方ない。待つとするか。碁にのめり込む神経は自分にはわからないが、無趣味、仕事一筋であった父源之助が夢中になっているくらいだから、きっと碁は面白いに違いない。間もなく、対局は終わろうとしている。対局相手が困ったねと泣き言を漏らしていることからすると、梅吉が有利に対局を進めているようだ。

そんな時に邪魔されれば、梅吉は不快感を募らせ、こちらに協力しないに違いない。待つことも探索のうちだとは源之助の教えでもある。

少し離れた場所に座り、腕組みをしていた。

待つことしばし、

「参りました」

対局相手が一礼したところで梅吉は満面に笑みを広げた。前歯が一本欠けているため、碁盤を睨んでいた険しい表情とは一変、なんとも愛嬌のある顔つきとなった。

「もう一番いくかい」

梅吉が上機嫌で声をかけた。ところが、相手は源太郎に視線を向けて、

「梅さん、お客さんだよ。ずっと待っていらっしゃるんだから」

ここで初めて源太郎に気づき、

「お見かけしたところ八丁堀の旦那じゃござんせんか」

勝ったからだろう。梅吉の表情はずいぶんと柔らかくなっている。

「まったく、碁となると周りが見えないんだから梅さんは。火事になったら、丸焼けになっちゃうよ」

相手はからかうように言うとすっと立ち上がり、源太郎に座を譲った。

「すいませんね。あたしゃ、八丁堀の旦那にはとんと無縁ですんでね」

梅吉と碁盤を挟んで向き合った。

「旦那、碁をやりなさるんで」

まさか、対局の誘いかと危ぶみ、

「いや、まったくやらん」

ぶっきらぼうに返すと、

「そりゃ、大いなる損ですよ。碁を知らずして暮らすなんてのはね」

幸い、それ以上は勧めず梅吉は話はなんだと問うてきた。

「そなた、呉服屋の福寿屋に奉公しておったのだな」

源太郎が尋ねると、

「そうですよ。小僧の頃からですからね、四十と六年も奉公しましたよ」

梅吉は素直に応じた。

「息子夫婦を亡くし、今月の初めに店を仕舞ったのだな」

「旦那、気の毒なことになりましたからね。いい、倅さんだったんですよ。気落ちしたのも無理はございませんや」

しんみりとなったのが、倅夫婦に梅吉が好意を持っていたことの証であろう。

「ところが、店仕舞いをする段になりましてね、少々問題があったんです」

梅吉が言うには、福寿屋には多額の掛け金と共に借財もあったのだとか。

「商いなんてのは信用っていいますがね、そりゃそうなんだが、言うに易しってやつでして。借財はなんとしても払うっておっしゃいましてね、なにせ、旦那、生まじめで責任の強いお方でしたから。それでいて、一日でも早く店を閉じて倅さん夫婦の供養の旅、四国にお遍路の旅に行きたいってあたしの顔を見るたびに言ってなさったんですが、店を閉じるには借財を帳消しにしないといけないんですがね」

掛け金を回収すれば借財は帳消しにできるのだが、掛け金の回収は年末にならないとできない。

「でも、今月の初めに店仕舞いをしたではないか」

　源太郎が疑問を口にすると、

「そうなんですよ。あたしも、そりゃ驚きましたよ。あたしも掛け先に掛け合いに行きましたよ。年末まで待てない、すぐにも掛け金を頂きたいと。でもね、応じてくださる掛け先なんてそうそうありませんや」

　梅吉は重いため息を吐いた。

　それはそうだろう。

　掛け先とて、支払うのは年末の予定でいるのだから。しかも、その年末の掛け取りも支払わない者たちが珍しくはないのである。

「こんなこと、八丁堀の旦那に言うのは了見違いかもしれませんがね、お武家さまに限って体面を取り繕うものですよ。その実、しわいものでね」

　いっそ、出入りしたくはない武家屋敷も多々あるということだ。

「ところがでございます。福寿屋の一番の大得意さまの直参旗本奥山十郎左衛門(おくやまじゅうろうざえもん)さまが、一括して掛け金をお支払いいただいたばかりか、旦那さまの労をねぎらい、掛け金の他にも大金をくださったのでございます」

　奥山の掛け金は約三百両ほど、そして奥山はそのほかに二百両もの大金をくれたのだとか。

「お陰を持ちまして、借財をきれいにした上に奉公人たちも礼金を頂戴し、藤五郎は店を閉めることができ、四国へお遍路の旅に出ることができたのでございます」

梅吉も五十両を得て、隠居暮らしをしているのだとか。

「まあ、あたしは算盤(そろばん)が達者ですんでね、碁会所で知り合った商家で算盤を手伝ってますよ。そんでもって小遣いを稼いで、今はこうしてお気楽に暮らしております」

梅吉は言った。

悠々とはいかないが、暮らしには困っていないそうだ。

これだから碁はやめられないとは梅吉の碁好きへの言い訳なのかもしれない。

二

「奥山さまはできたお方なのだな」

梅吉が奥山について教えてくれた。

奥山十郎左衛門正孝(まさたか)は三千石、寄合席(よりあいせき)にある。三河(みかわ)以来の名門として知られていた。

名門だけに、屋敷は立派なものであるという。

「お庭なんか、きちんと手入れが行き届いておりましてね。御殿の玄関脇に植えられた赤松なんぞ、そりゃあ見事な枝ぶりですよ。大きな銀杏の木がありましてね、今時分には黄色く色づいて……。でも、掃除が大変だって奉公人のみなさんぼやいていましたがね」

梅吉は言った。

寄合席は非役、三千石の高級旗本とはいえ、そうそう台所は楽ではないだろう。庭や屋敷は三河以来の名門である体面を保つためには多くの費を要するに違いない。

「掛け金以外に二百両をくれたとは、ずいぶんと金回りがよいのだな」

源太郎が疑問を呈すると、

「あたしも驚いたんですよ。こんなことを申してはなんですがね、奥山さまは気位ばかり高くって、実際のところはなかなか厄介なお得意さまだったんです」

代金はなかなか払おうとせずに、掛け金が溜まっても、なんのかんのと言い訳を繰り返し、強く支払いを迫ると居丈高に開き直る始末だった。それで、これまで掛け金は先延ばしにされていたのだとか。

「ですから、奥山さまから掛け金を頂くのは諦めていたんです」

それが藤五郎が足を運ぶと、すんなりと了承してくれたそうだ。

「主人自ら足を運んだことが幸いしたということとか」

源太郎の問いかけに梅吉はうなずくと、

「それもありましょうがね、そうでないような噂があるんですよ」

梅吉はにんまりとした。

「なんだ」

問いかけながらも、奥山には表沙汰にはできない稼ぎがあるのではと疑った。たとえば、屋敷内で賭場を開いているとか。

ところが、そうではなかった。

「近々、将軍さまのご子息が養子入りなさるんだそうです」

「公方さまのご子息が……」

いくら名門でも旗本に将軍の息子が養子入りなどするものであろうか。その疑問を梅吉は察して、

「お上の十手を預かる旦那の前でこんなことを申してはお縄にされかねませんがね、養子入りなさる御曹子さま、お母上さまが身分低きお方だそうで、それで、大名家に養子入りさせることは叶わず、旗本家に養子入りさせるのだとか」

「ほう」

あり得ないことではない。

「養子入りに際しては、畏れ多くも将軍さまより多額の支度金が下賜されたのではと、噂されておりますよ」

梅吉は言った。

将軍の息子を迎えるとあっては、掛け金を踏み倒すわけにはいかなかっただろう。ともかく、将軍庶子を奥山家が養子に迎えることが幸いとなって藤五郎は店を仕舞うことができたのである。

「そんな事情があったとはな」

奥山家の金回りの良さは得心がいった。梅吉は碁盤に視線を落とし、黒石と白石を並べ始めた。どうやら、詰め碁のようである。

碁に視線を落としながらも、

「でもね、どうも解せないことがあるんですよ」

梅吉は源太郎には向かず、独り言のように呟いた。源太郎も問い質すことはなく、無言で聞く。

「どうも、勘定が合わないっていいますかね。奥山さまからは五百両頂き、他のお得意さまからはなんとかして二百両余りをかき集めたんですがね、それですと……」

藤五郎は倅夫婦に店を譲るつもりで、店を大幅に改修した。土蔵も頑丈に建て直した。その費用は莫大なもので、借財は膨らむ一方だった。それに、呉服の仕入れ先への買い掛け金もある。とても、奉公人たちに礼金を渡す余裕はなかったはずだ。

借財と買い掛け金をひっくるめると、

「七百両では足りないんですがね」

梅吉はそう思ったが、藤五郎の気持ちを汲んで敢えて問い質すことはしなかったそうだ。

「旦那が、必死になって工面しなさったんでしょうからね」

なるほど、興味を抱くことではある。

しかも、八丁堀同心を騙った押し込みが福寿屋ではあった。それは、偶然なのだろうか。

「店が仕舞われたのは今月の三日だったな」

「左様です」

「そなたは、三日には店にいなかったのだな」

「お昼には、お別れの宴を催して、夕暮れには奉公人は誰一人店からいなくなりました」

「藤五郎はどうした」

「旦那も夕暮れ時、店を仕舞うと、あたしたちと店をあとになさいました。すぐに、お遍路の旅にお出かけになりましたよ。今頃は土佐でしょうかね」

梅吉は天井を見上げた。

偽者同心が押し込みを働いたのは三日の夜である。

偶然ではあるまい。

梅吉は再び、碁盤を睨んだ。なにやらぶつぶつ呟きながら碁石を手に持っている。

「ところで、八丁堀同心を騙る押し込み強盗のことは知っておるな」

「ええ」

梅吉は関心が碁盤に移ったようで生返事である。

「一軒は向島だが、押し入った先は福寿屋だ」

すると、梅吉が顔を上げ、

「本当ですか」

まさしく寝耳に水のようだ。

「本当だ」

梅吉の両目を見据えて告げた。

「そんな、だってうちはその日の昼には店仕舞いをして夕暮れには……」

「夕暮れには店に残る者はいなかったのだったな」

　源太郎が念を押すと、

「ええ、間違いございません」

　梅吉は狐につままれたようだと付け加えた。

「どういうことなんですよ」

「偽者同心一味は、福寿屋が店仕舞いすると知っていたことになる」

「店を閉めるってことはお得意さまや取引先にはお話をしていましたから、知っている方はいらっしゃるんでしょうがね」

　首を傾げながら梅吉は言った。

　逆ならどうだ。

　つまり、藤五郎は偽者同心たちが自分の店に押し入ることを知っていたとしたら。偽者同心一味はただでは藤五郎に店を借りることはしなかったのだろう。多額の金を渡したのではないか。

　藤五郎は押し込みの芝居を打たれるとまでは思っていなかったのかもしれない。一晩だけ店を貸してくれと持ち掛けられたのではないか。梅吉が知らないということは、藤五郎は内緒にしていたのだ。

きっと、法外な金を貰ったに違いない。

内緒であることと引き換えに。

偽者同心、藤五郎と何度か接触したはずだ。とすれば梅吉も見たかもしれない。偽者同心が作成した似顔絵を見せたが、梅吉は心当たりがないということだ。

「旦那、まずい事に巻き込まれたんじゃないでしょうね」

「大事はないとは思うがな」

いかにも無責任で曖昧な言葉である。そのことは梅吉にも伝わったとみえ、

「なんだか、あたしまで悪事に加担したようでいい気がしませんや」

「ところで、奥山さまのお屋敷ではどなたと接しておったのだ」

「用人の木ノ内玄蕃さまでした」

「わかった」

訪ねてみるか。

奥山家が偽者同心一味と関わっているとは思えないが当たってみよう。

「梅吉、すまなかったな」

少しばかりだと一朱を与えた。一応礼は言ったものの梅吉は生返事であった。甚に感心が向いたためなのか、偽者同心と藤五郎の関係に思いを馳せているのかはわから

ない。

その足で奥山屋敷を訪ねた。

奥山屋敷は小梅村にあっては大川寄り、三囲稲荷の裏手にあった。

三千石の大身旗本、三河以来の名門、しかも、将軍の庶子を迎えるとあって、梅吉が言っていたように屋敷は実によく手入れがなされていた。ほのかに檜の香が漂っているのは御殿が檜造りであることを思わせる。

裏門の番士に素性を告げ、用人木ノ内玄蕃への取次を頼んだ。

裏門を入って右にある、番小屋で待つことしばし、木ノ内がやって来た。木ノ内はでっぷりと肥えた中年男で、頬がたるみ、顔がてかてかと光っている。寒さ厳しき時節だというのに、汗ばんだ顔で畳に座ると火鉢で手を炙った。

「北町の同心殿ということだが」

源太郎は改めて名乗り、

「福寿屋のことでお尋ねしたいのです」

丁寧に尋ねた。

「福寿屋、うむ、存じておるがな」

立ったままの源太郎にも座るよう促した。

「失礼致します」

ついつい馬鹿丁寧に応対してしまうのは、奥山家に将軍庶子が養子入りするからであろうか。

「福寿屋は店仕舞いをしました。つきましては、主人藤五郎が掛け取りにまいったのでございますな」

すると木ノ内は鼻白(はなじろ)んだように、

「おい、おい、当家がまさか、福寿屋の掛けを踏み倒したなどと申すのではあるまいな」

木ノ内の物言いはぞんざいで居丈高であった。

「そうではございません。奥山さまは、むしろ掛け金よりも多くの金子(きんす)をお支払いになられたことは存じております」

源太郎は言った。

三

「ならば、何用かな。町方の同心が三河以来の名門たる奥山家に何用かな」

名門を鼻にかけ、源太郎を不浄役人扱いである。

ここでたじろいでは八丁堀同心の沽券に関わると胸を張り、

「福寿屋の主人、藤五郎についてでございます」

藤五郎に余計に金を渡したことについて質問をした。

「藤五郎、倅夫婦を亡くし、気の毒に思った御前が情けをかけられたのだ」

淡々と木ノ内は答えた。

「なるほど、さすがは公方さまの御子息をご養子に迎えられるだけのことはございますな」

思い切って将軍庶子養子入りのことを持ち出した。

不快がると思ったが、木ノ内は嫌な顔をするどころか得意げに胸を反らし、

「いかにも。まこと名誉なことである。家臣一同、今から待ち遠しい思いで一杯だ」

「おめでとうございます。ところで奥山さまも何か役職に就かれるのでございます

か」

「さて、御前はそれはもう、英邁なお方ゆえ御公儀より何れかの役職に望まれる向きはござるな」

「たとえば、どのようなお役目でございますか」

木ノ内の目が輝いた。

次いでにんまりとし、

「貴殿らを使う立場」

わざとらしくここで言葉を区切った。

使う立場とは町奉行に他ならない。

「すると、町奉行でございますか」

さすがに驚いた。

「かもしれぬ。これは、まだ決まっておらぬゆえな」

内緒だぞと釘を刺したものの、木ノ内のふくよかな顔はむしろ噂が広まることを願っているように見える。

「しかし、南も北も御奉行はお元気にございますぞ」

町奉行は激務で知られている。在職中に死ぬことは珍しくない。しかし、よほどのことがない限り解任されることはなかった。

目下、南町も北町も奉行は健在であり、急な病を患うことは可能性としてなくはないが、考え辛い。とんでもない失態をしたなら、辞職ということは考えられるが、木ノ内の口ぶりは馬鹿に確信めいている。ひょっとして、奥山は将軍庶子を養子に迎えるに当たって町奉行職を約束されたのだろうか。

だとしたら横車も甚だしい。

町奉行は役方における最高職、旗本が目指す出世の階段の頂きだ。

将軍警護の役中でも特に優秀な者は両番と呼ばれる書院番、小姓組に入った者から中奥の役目に就き、優秀な者のみが旗本を監察する目付に登用される。目付で認められたなら普請奉行、小普請奉行、作事奉行、いわゆる下三奉行か長崎奉行、大坂町奉行、京都町奉行といった遠国奉行を経て勘定奉行になり、そして町奉行となる。

このように、町奉行に就任するには、踏むべき過程があるのだ。

それをいきなり、町奉行に就任など、前代未聞である。もっとも、庶子とはいえ将軍の子が旗本に養子入りすることも前例がないのだが。

「蔵間殿、御前はかねてより、江戸の民政を担う町奉行所の在り方については、深いお考えをお持ちである」

「それは畏れ入ります」

「近頃、八丁堀同心を騙る、まこと不届きな盗人が出現したな。捕縛はなったのか」

不意に木ノ内は偽者同心一味に話題を振った。

「目下、探索しております」

「野放しであるということだな。偽者同心の一件ばかりではない。十手を奪われるなどという間抜けな同心もおったな」

小馬鹿にしたように木ノ内は小鼻を鳴らした。

言い返すことができない。

思わぬ展開になった。木ノ内に町奉行所の在り方について叱責を受けるなど思ってもいなかった。

「そのような町奉行所を御前ならば、しゃきっとしたものとして生まれ変わらせることができるのだ。御前が町奉行に就任なされば、わしは、内与力ということになるがな」

木ノ内は声を上げて笑った。顎の肉が微妙に震える。

こんな男に内与力になられては、やる気が失せる。

「少しばかり、小言が過ぎたな」

木ノ内は表情を引き締めた。

ふと、興味を抱いた。

「偽者同心一味の押し込みの一件でございますが、一味が福寿屋に押し入ったことを御存じですか」

初めて聞いたかのように木ノ内は大きく目をむいた。いかにもわざとらしく見える。

「まことか。しかし、そのようなこと藤五郎も梅吉も申しておらなかったぞ」

「押し入ったのは、福寿屋が店仕舞いをしてからなのです」

「どういうことだ。店仕舞いをしてからなら、盗む物などないではないか」

「ですから、偽者同心一味の福寿屋押し込みは芝居であったのです」

「芝居とは驚きよな。して、押し込み一味どもは何故そのような芝居など企てたのだ」

「それを木ノ内さま、推量していただけませぬか」

いかにも困ったとばかりに源太郎は懇願した。

「そなたにわからぬものがわしにわかりようはないな」

素っ気なく木ノ内は返した。

「そうですな。これは、随分と馬鹿げたことを訊いてしまいました。これも、探索がうまくいかず、焦りが立ってしまったからでございましょう」

自分の頭を叩く。

「当たりまえのことだが、はたで見ているのとは違い、町方の役目というものは大変なのだな」

急に木ノ内は物わかりがよくなった。

「ぐだぐだと時を無駄にしてしまい申し訳なく存じます」

源太郎は丁寧に頭を下げると、座を払った。

「ま、しっかり役目を果たせ」

木ノ内は鷹揚にうなずいて見せた。

既に町奉行の内与力になったようなつもりでいる。

ともかく、探索は一からやり直しである。

差し当たって、福寿屋に押し入った盗人の人相書きの手配からやり直さなければならない。それと、福寿屋の主人藤五郎の行方を追う必要もある。四国へお遍路の旅に出たということであれば、四国方面の大名家へ協力を要請しなければならない。

藤五郎を捕まえることができれば、偽者同心一味の企てがわかるのではないか。

「よし」

源太郎は明日、絵師を連れ、もう一度梅吉を訪ねようと思った。梅吉から藤五郎の人相を確かめ人相書きを作成しよう。

ともかく、探索は一歩進んだと考えていいだろう。

ここまで亀のような歩みであったが、地道な探索が功を奏したのだと考えるべきだ。矢作が聞いたら喜ぶだろう。

それにしても矢作といい源之助といい、まんまと引っかかってしまったのだ。

いや、待てよ。

自分が駆けつけた三島町の駿河屋はどうなのだろう。まさか、駿河屋までが芝居ではあるまい。なにせ、駿河屋は芝界隈では知られた老舗、増上寺の塔頭や愛宕(あたご)小路に軒を連ねる大名屋敷に出入りしているのだ。

そう思ったが心配になってきた。

念には念を入れ確かめるべきだ。探索に手を抜くことは許されない。

源太郎は三島町へと足を向けた。

「よおし！」

わけもなく雄叫(おたけ)びを揚げてしまう。

急げ。

落ち着けと自分に言い聞かせるが、どうしても逸(はや)ってしまう。

「いかん」

源太郎はもう一度自分を宥(なだ)めた。

芝三島町の駿河屋にやって来た。

ここも営業していないのかと一瞬心配になったが、駿河屋は平常通りに営まれていた。

主人茂兵衛を呼び出すと、

「下手人、捕まりましたか」

と、期待の籠もった目で問いかけられた。気まずくなってしまったが偽りを言うわけにはいかない。

「いや、まだだ」

「そうですか」

茂兵衛はがっくりと肩を落とし、失望を隠さなかった。

「だが、糸口は摑めたゆえ、下手人の捕縛は近々のうちにもできると思う」

「是非ともお願いします。手前どもが盗み出されたお金、少しでも返ってこないことには、この先、商いに障ります。お得意さまにもご迷惑をおかけすることになりますのでな」

茂兵衛の言うことはもっともである。

それがわかるだけに自分を鼓舞した。

「それで、もう一度、八丁堀同心を騙った者の顔を思い出して欲しいのだ」

源太郎は言った。

「ですから、先だっても申しましたが、あいにくとよく覚えておりません。申し上げましたように、まだ年若いと申しますか、その他のことはよく覚えておりません。何しろ、怖くて」

茂兵衛は申し訳なさそうにうなだれる。茂兵衛を責めても仕方がないと思いつつもじれったくてどうしようもない。

「まこと、捕まるのでしょうか」

「捕まえる」

強い口調で答えたことが、探索の不安を打ち消しているようで後ろめたくなった。

「ともかく、手前どもはまじめに商いに励むばかりでございます」

「そうだな」

「どうぞ、よろしくお願い申し上げます」

茂兵衛は深々と腰を折った。

四

源太郎は八丁堀の組屋敷に帰る前に矢作の屋敷を覗いた。木戸門を潜り、母屋へ続く飛び石を跳ねるように進んで玄関の格子戸を勢いよく開け、

「兄上」

大きな声を上げた。返事がない。もう一度呼びかけたがやはり無言であった。沓脱ぎ石に雪駄はなかったが、三和土の隅に雪駄一足と草履二足、下駄が一足揃えてあった。

ひょっとして……。

自棄を起こして自害でもしたのかと慌てて玄関に上がり込んだ。廊下を走り、居間に至ったが無人である。居間を横切り閉じられた襖を開け、声をかけながら部屋とい

う部屋を見回ったが矢作はいなかった。

「どうしたんだ」

　強烈な疑念に胸を焦がされ、矢作の屋敷をあとにした。


　自宅に戻ると美津が怪訝な顔をしている。

「いかがした」

「兄上が……」

　美津は口ごもった。

「いかがした」

「先ほど、屋敷を覗いたら兄上がおりませんでした」

「おまえもか」

　思わず問い返すと、美津は半時ほどまえに矢作の様子を見に屋敷に行ったことを語った。

「おれも、たった今屋敷に立ち寄って来たところだ」

「どこへ行ったのでしょう。兄のことです。居ても立ってもいられなくなって、探索に出て行ってしまったのではございませんか。きっと、そうです」

美津は語るうちに心配が増したようで言葉尻が強まっている。

「兄上は練達の同心だ。ご自分の立場はよくわかっておられる。謹慎の身で闇雲に探索に出向くようなことはなさるまい」

矢作は暴れん坊ではあるが無鉄砲ではない。八丁堀同心としての基本を外さない男である。そんな矢作が出仕停止の身を顧みずに出て行ったとは思えない。

となると……。

ひょっとしてさらわれたのではないか。

それは美津も思ったようで、

「兄の身に何か……」

表情を険しくした。

「いや、そう考えるのは早計だ」

源太郎は否定しながらも言葉に力が入らない。

「お父上さまに相談した方がよろしいのではございませぬか」

「父にか」

源之助に助けを求めるようで気が進まなかったが、美津の心配を思うと、

「わかった。父にこのことを相談してまいる」

と、家を出た。

源之助は八丁堀の組屋敷にいた。

居間でくつろいでいるが、気もそぞろとなり久恵とのやり取りもいい加減なもので、会話が噛み合っていない。それでも源之助も久恵も気にはしていなかった。

清之進はどうしたのだろう。

八丁堀同心の役目を学びたいというのは若さまらしい気まぐれであったのだろうか。正直、お荷物をしょわされたとばかり思っていたのだが、顔を見せなくなったとなると寂しいような、また会いたいような妙な気分に包まれた。

そこへ、源太郎がやって来た。

厳しい表情から何かよからぬことが起きたことが察せられる。

「兄上がいなくなりました」

源太郎は言った。

「なんだと……」

あいつ、家にいることが我慢できなくなったのか。まったく、心配ばかりかける男だ。

「矢作、辛抱ができなくなったか。いや、そうではあるまい。何か矢作の身に起きたのか。それとも、何か屋敷にいられない事態が生じたのか」

思いつくままに疑問をぶつけた。しかし、源太郎とても矢作の行方が見当つくはずはなく、戸惑うばかりだ。

「兄上の身に何か起きたのでしょうか」

「ここで考えておっても矢作の行方はわからぬ。まずは、これまでの偽者同心一味探索の様子を教えてくれ」

矢作失踪には偽者同心一味が関係しているに違いない。

清之進に対するもやもやが吹っ切れて、偽者同心一味探索へ気持ちが切り替わった。

ここらあたりが根っからの八丁堀同心なのかもしれない。

源太郎も矢作への心配は胸に閉じ込めたのだろう。目を爛々(らんらん)と輝かせた。やはり、息子だと思う。探索で成果が上がった時はやる気が前面に出るのだ。

「父上、驚くべきことがわかりました。父上と兄上が駆けつけた向島の福寿屋ですが、福寿屋の押し込みは芝居であったのです」

「芝居とはどういうことだ」

「盗みなどなかったのです。全ては盗人一味が打った芝居、失礼ながら父上と兄上は騙されたのです」

古着屋に十手と八丁堀同心の着物が一揃え残されていた疑問は解けたが、まんまと欺かれたという屈辱を味わった。

黙って話の続きを促す。

「福寿屋藤五郎は店を閉じておりました。あの晩、父上と兄上が駆けつけた時に応対したのは、偽の藤五郎と奉公人たちでございました」

「つまり、奴らこそが偽者同心一味ということか」

源之助の脳裏に藤五郎を名乗った優男の顔が浮かんだ。

あの男、偽者同心の似顔絵を楽しそうに描いていた。根っから絵が好きなのだとばかり思っていたが、自分と矢作、更には南北町奉行所を欺くことを楽しんでいたということだ。

おのれよくも騙しおって……。

歯軋りし、拳を強く握り締めた。息が荒くなり、こみ上げる怒りのため全身が震えた。自分ではわからないが、凄い形相になっていることだろう。両目が血走り、頬が強張り、いかつい顔が際立っているに違いない。

やくざ者を一睨みで追い散らした頃、筆頭同心として定町廻りを指揮していた鬼同心時代の形相に戻ったことだろう。

実際、源太郎は目を伏せ、声をかけてこない。

いかん、源太郎のしくじりではなく担がれたのは自分と矢作なのだ。偽者藤五郎に欺かれ有力な手がかりとして役立てた似顔絵が探索を誤った方向へ向けてしまったのである。

深呼吸を繰り返し、怒りを鎮めた。

それにしても、何故、そのように手の込んだことまでして自分と矢作を欺いたのか。一体、なんの得があるのだ。

「一味の狙いはなんだ」

「兄上への意趣返しと思われます。女すりお縫も偽者同心一味に加わっておるのではございませぬか」

「お縫が矢作を恨むというのはわからぬでもないが、偽者同心一味も矢作を憎んでおるのだろうか」

「すりのお縫を追っております」

「お縫が偽者同心一味に加わっておるとすると、一味の素性が気になるな」

源之助の言葉に源太郎は改めて表情を引き締めた。

「源太郎、何かおぼろげにでも、悪の正体を掴むことできぬか」

「関係あるかどうかはわかりませんが」

源太郎はいかにも自信のない態度である。

「なんだ、申してみよ」

「直参旗本奥山十郎左衛門さまでございます」

源太郎は福寿屋の番頭梅吉から聞いた、奥山が福寿屋藤五郎に掛け金ばかりか、法外な礼金まで払ったことを語った。

「ほう、奥山さまな」

「父上は御存じないかもしれませぬが、奥山さまには近々、畏れ多くも公方さまの庶子清之進さまが、養子入りなさるのだそうです」

「なんだと」

意表をつかれた。

清之進の養子入り先、さる旗本としか聞いていなかったが奥山十郎左衛門ということか。

清之進は無類の八丁堀同心好きである。あの清之進が養子入りする奥山十郎左衛門とは何者だろう。

「わたしは、奥山さまの用人木ノ内玄蕃なる男に会ってまいりました。いくら大身旗本といえども、掛け金を完済した上に礼金まで藤五郎にやるほどのゆとりがあるのはいかにしたものかと思ったからです」

「うむ」

話を続けるように促す。

「木ノ内さまは、清之進さまを養子に迎えるに際し、御公儀より多額の支度金が下賜されることを話されました。併せて、木ノ内さまは散々に我ら町方の所業を貶められたのです」

「ほう」

「偽者同心騒動に加えて、十手を盗まれたり、盗賊を見逃したり、といった不手際をなじられ、奥山さまならもっと優れた町奉行を務めることができると申されました」

源太郎の口調が激した。

「大した自信だな」

源之助も舌打ちをした。

「ひょっとして、奥山さまは町奉行に就任されるのでしょうか」

「それはあるまい」

言下に否定したが、果たしてそうだろうかという気にもなった。

「奥山さま、まことと町奉行になる気でおられるのでしょうか」

「まさか、そんな安易なものではあるまい」

「むろん、わたしとて存じております。町奉行になるには道筋があります。いかに三河以来の名門でも、寄合席におられたお方がいきなり就任できるものではないと存じます」

「おまえの申す通りだ」

「しかし、不安にも感じます。木ノ内さまの口ぶりがあまりにも確信に満ちておりますし、それに、奥山さまの野望が今回の偽者同心一味の凶行と関係があるのではと思えてしまうのです」

「早計ではないのか」

つい、慎重な物言いになってしまうのは、清之進の存在を源之助は知っているからである。清之進の純真な人柄と奥山十郎左衛門の野望が一致しない。

「父上は間違っているとお考えですか」

源太郎に突っ込まれ、

「いや、そうではない」

つい、曖昧な表現になってしまう。

「早計かもしれませんが、今回の騒動の背後には奥山さまがおられるという気がしてなりません。ということは公方さまの庶子を敵に回しての御用となるかもしれないのです」

源太郎は言った。

「それはそうだが」

清之進が敵とは思えない。

自分の甘さだろうか。

「父上、わたしは負けませんぞ」

「ああ」

生返事になってしまう。

「父上らしくもない。兄上とて決して躊躇（ためら）うことはないと存じます」

「ともかく、矢作の行方を探さねばな」

源之助は言った。

五

明くる十日、源之助は居眠り番に出仕した。

空は分厚い雲に覆われた鉛色で源之助の鬱屈した気分を表しているようだ。ひときわ冷たい風が吹きすさび、雪が降ってくるかもしれない。

矢作のことは気にかかるが、皆目見当がつかないではどうしようもない。天窓から覗く雪催いの空を見上げながら事態の推移を見守ることにした。

あれから、源太郎は南町奉行所に行き、矢作が行方不明になったことを同僚たちに教えた。南町は出仕停止中の矢作が行方不明とあって内々のうちに行方を捜すことになった。

それでも矢作のことが気にかかる源之助は思う。

いっそのこと、敵の本丸に乗り込むか。

奥山十郎左衛門に会う。清之進のことを持ち出せば会ってくれるかもしれない。

どうしようか迷っているところに、

「お早うございます」

曇天には不似合いな晴々とした声がした。

戸口を見ると、清之進が立っている。

今日も無邪気な顔である。

顔を見ただけで不思議な安堵が胸に広がった。

清之進は入って来て物珍しそうに書棚を見上げる。

「座られよ」

源之助の言葉に清之進はうなずく。

「先だって、日本橋の高札場でお待ち申しておりました」

極力、気持ちを抑えながら訊ねた。

「ああ、すまなかった」

清之進はぺこりと頭を下げた。

「いかがされたのですか」

「怒っておるのか」

清之進は上目遣いとなった。

「怒るまではゆきませぬが、いかがされたものかと当惑しておりました」

「風邪じゃ。熱が出て下がらなくてな、周りの者どもが屋敷を出してくれなかった」

清之進は答えてから風邪であることを裏付けるようにこほんと咳をした。ぜいぜいとした音が混じり、仮病ではない。

「して、もう、よろしいのですか」

ひ弱な清之進だけに気遣ってしまう。

「大丈夫じゃ。ちゃんと、薬も持ってきたゆえな」

言いながら紙袋を出した。

白湯の方がよかろうと、湯呑に湯を注ぎ、清之進に渡した。清之進は風邪薬を白湯で飲んだ。それにしても顔色がよくない。元来が色白なのだが、今は透き通るようで病魔に冒されているようだ。これでは、町廻りは無理だ。

そう思っていると、屋根を雨が打った。

雪が降るとばかり思っていたが、雪はもう少し先のようだ。雨でも寒いことに変わりはない。

しかも雨脚は強まるばかりだ。

それでも、鉄瓶が茹だる音を聞いていると和んでくる。

「清之進さま、実は、清之進さまが覗いた古着屋で思わぬ収穫があったのです」

古着屋が偽者同心一味に八丁堀同心の着物や十手を支給していたことを語った。清之進の目が大きく見開かれる。

「そうか、わたしも役に立ったのか」

「それはもう大いに役に立ちました」

感謝の意を伝えた。怪我の功名というやつで、これくらいのこと、もし、源太郎ならば、誉め言葉の一つもかけないだろうが、清之進には感謝の念を抱く。清之進が将軍の庶子であることもあるが、それよりも、清之進の無邪気さ、欲のなさに好感を持てるのである。

「わたしも役に立ってよかった」

清之進は心底うれしそうだ。

「ところで、清之進さまの養子先ですが」

さりげなく話題を変えた。

「奥山十郎左衛門か」

清之進は問い返した。

「奥山さまは清之進さまが八丁堀同心の役目を学んでおられることご存じなのですか」

つい、回りくどい訊き方になってしまった。

「奥山殿にはわたしが八丁堀同心の真似事をしたいとは伝えた」

「奥山さまは賛同されたのですか」

「何事も、学ばれるのは結構なことだと申したな」

清之進は言った。

「奥山さまは町奉行になりたいと希望なさっておられるとか」

「自分ならば、江戸の民政をもっとうまくやってみせると、頼もしいことを申しておったぞ」

奥山に対し、清之進は何も不審なことは思っていないようだ。

「奥山さまはどのようなお方ですか」

「さてな、なんと申したらよいのか」

清之進は言葉に詰まった。養子入り先への遠慮というものがあるのだろう。

「奥山さまが町奉行になられたら、清之進さまはいかがされますか」

ふと、そんな興味を抱いた。

「わたしは、おそらくは書院番にでも入れられるのではないか」

幕府の要職へ名門旗本の立場で歩むということか。

養子入りするまでは、気楽に好きなことをして過ごしていたいのかもしれない。

八

丁堀同心といっても、清之進が見聞きするのは表通りであり、明るい陽が射す所ばかりである。しかし、世の暮らしぶりというものは、決して明るい所ばかりではない。陽の当たらない者たちがいて世の中はできているのである。

それを清之進も知るべきではないのか。

表面だけ見物して、八丁堀同心の役目や庶民の暮らしがわかったつもりになられることに抵抗がある。

しかし、清之進に無理強いはできない。

雨脚が弱まった。

それでも、町廻りには躊躇われる空模様である。

清之進は手持ち無沙汰なようで名簿を手に取ってぱらぱらとめくった。

「いかがでござりましょう。町廻りに行きませぬか」

源之助が声をかけると、

「どこか面白い所があるのか」

清之進は無邪気に訊いてくる。

「面白いかどうかはわかりませぬが。ここで雨宿りをしておるよりは、学ぶ点があると存じます」

源之助の言葉にすっかり興味を抱いたようで顔を輝かせた。

「ならば、早速」

源之助は立ち上がった。

清之進も勢い良く立ち上がろうとしたが、勢い余ってかふらふらとよろめいてしまった。

「痺れましたか」

おかしげに問うと、

「足がもつれた」

照れながら清之進は答えた。

六

源之助は清之進を連れ、小石川の養生所へとやって来た。

雨傘を差したたま、養生所の表門に立って清之進はしばらく見上げていた。

「ここは、いかなる役所なのじゃ」

いかにも物珍しそうであるが、柳原の古着屋とか日本橋の賑わいに目を輝かせていた清之進とは別人である。好奇心は失せ、それでいて嫌がる素振りも見せず、何かに縛り付けられたように身じろぎもしなかった。

「小石川の養生所と申しまして、病を得た貧しき者たちのために、無償で治療に当たる施設でございます。八代将軍吉宗（よしむね）公によって建てられました」

「ほう、そうなのか。八代さまはよくぞこのような施設をお建てになられたものじゃ」

「目安箱（めやすばこ）の投書でございます」

目安箱は吉宗が広く民の声を政（まつりごと）に取り入れようと江戸城内、伝奏（でんそう）屋敷の前に設置した。その投書に病に苦しむ貧しき者を救済する施設の必要性を訴えてあったのだった。

「なるほどのう」

清之進は呟くと、門を入って行った。

源之助も続く。

「寂しいのう」

清之進は周囲を見回した。

二人は養生所内を見回る。

目の前を腰の曲がった老婆が通りかかった。清之進はいたわりの言葉をかけ、老婆の歩行を手助けしてやっていた。それが決してわざとらしくはなく、ごく自然に行っているのに、源之助は清之進の育ちのよさと素直さを感じた。

養生所の役人がご苦労さまですと挨拶をしてくる。源之助はうなずき返しただけだが清之進は、

「困っておる者はおらぬか」

と、声をかけている。

役人たちは無難な答えを返すばかりだ。

清之進は施設の隅も見て回った。年寄りを見ると声をかけ、いたわり、具合を確めている。誰に教わるでもなく、そんなことができるのだと源之助は見直す思いである。

ここに連れて来るまでは、清之進が養生所を見て嫌悪感を抱くのではないかと思っていた。それは、偏見であった。

弱き者、貧しき者への慈しみの心を清之進は備えているのだ。学んだものではないだろう。

ここに来てよかった。

源之助は思った。

同時に、こうした清之進の優しさを奥村はわかっているのだろうかと心配になった。清之進を己が栄達のための道具としかみなしていないとしたなら、清之進がかわいそうだ。

清之進には、この慈愛の気持ちを持ち続けてもらいたい。決して失わないで欲しい。

「清之進さま、診療所の中へ入りましょう」

源之助が声をかけると、

「承知した」

清之進はいつになく真剣な顔で答えた。

と、またも咳き込んだ。

丁度良いと言ったら不謹慎かもしれないが、ここは養生所である。

「清之進さま、医者に診ていただいたらいかがですか」

「大丈夫だ」

咳をしながら答えが返された。

言葉をかけるのも気の毒になってきた。

「さあ、まいりましょう」

源之助は清之進を促した。

清之進の咳が治まった。涙目になった顔を向け、

「わたしは大丈夫だ。わたしを診ている間、貧しき者、弱き者の治療が中断されてはならん。心配するな。ちゃんと医者にはかかる」

と、微笑んだ。

頼りなげな清之進が悟りを開いた聖人のように見えた。

第四章　偽者の集い

一

矢作は目覚めた。
ずいぶんと寝ていたようだ。
頭の芯がどんよりとし霧に閉ざされているようだ。
真っ暗闇である。ここがどこで、何故ここにいるのかもわからない。頭が働かない。
何処とも知れぬ場所で酔いつぶれてしまったのか。
いや、そんなことはない。
おれは謹慎中だ。
いくら酒好きのおれでも、謹慎中に飲みに出たりはしない。

と、霧の彼方に女の顔が浮かんできた。

お縫。

すりの親分日暮里の紋次郎の娘、お縫に紋次郎の墓参りに連れて来られたのだ。

謝れと言われ、おとっつあんの声を聞けと卒塔婆に耳を近づけた。死んだ者の声など聞こえるはずはないと思ったが、お縫の気持ちを害することもなかろうと聞くふりをしたのだ。

我ながら情けないことをしてしまったと後悔したところでお縫の仲間に襲われた。

罠に落ちたに違いない。

お縫に謀(たばか)られた。

矢作はすっくと立ち上がった。

次第に夜目に慣れてきて、薄(うっす)らとだが周りが見えてきた。閻魔大王の木像がある。

夜風に潮気が混じっていることから海辺近くの閻魔堂であろう。

もう一人いる。

侍がうつ伏せに横たわっているのだ。

「おい」

矢作が声をかけた。

侍は動かない。

「起きろ」

声を高めたがぴくりともしないので肩を揺さぶった。それでも反応がなく、思わず抱き起こした。生ぬるいものを感じた。実に嫌な感触で濃厚な鉄さびの臭いが鼻孔を刺激する。

血だ。

どす黒い血が板敷に溜まり、矢作の手と着物を汚した。

男は羽織、袴姿、顔に見覚えがあるが頭に鈍痛が残っているのと、動転したとあって思い出せない。

すると、

「御用だ！」

という声が聞こえた。

観音扉の隙間から外を窺うと御用提灯が近づいて来る。

お縫の魂胆がわかった。この侍殺しの罪をおれに被せるつもりなのだろう。こうしてはいられない。

改めて亡骸（なきがら）を見る。

「前野さま……」

亡骸は南町奉行岩瀬伊予守の内与力前野喜三郎であった。何故、前野殺しをおれに着せる。お縫たちの目的はなんだ。

いや、今はそんなことはどうでもいい。

いっそのこと捕方に捕縛されようか。された上で正々堂々と申し開きをするか。いや、申し開きが受け入れられるとは思えない。謹慎中に何をやっているのだと不信感を増すだけだろう。

それに、日頃から奉行所内ではその人柄ゆえ自分は決して好かれてはいない。顔を合わせ言葉を交わす機会は滅多にないが、内与力前野喜三郎とそりが合わないことも知られていた。

どうする。

迷っている場合ではない。

閻魔大王像の後ろにある格子窓の隙間から外を覗いた。

駄目だ。裏手も御用提灯で溢れている。蟻が這い出る隙間もなく捕方が囲んでいた。

絶体絶命の窮地に立ってみると不思議なもので、俄然、逃げようというか、捕方の奴らの鼻を明かしてやりたいという気持ちに駆られた。

床に視線を落とす。

羽目板に手をかけた。隙間に指を入れてすっと一枚を外す。続いて、二枚、三枚と外すと床下に降りた。そして外した羽目板を元通りにして息を殺す。

程なくして、

「御用だ！」

という声が大きくなり、やがてどやどやと足音が殺到してきて、堂内に人の声も交錯した。

頭上で自分を追い求める声を聞きながら矢作はそっと移動した。捕方が自分の名を呼んでいるということは、お縫が奉行所に矢作兵庫助が前野喜三郎を殺したと告げたのだろう。

床下に這いつくばる。捕方たちは前野の亡骸を発見したようだ。

「前野さま」

とか、

「しっかりなされ」

などという言葉を亡骸に向かってかけている。

矢作は這って閻魔堂の裏手に出た。捕方は堂内に集結しており、人影はない。這い出ると、脱兎の勢いで走りだした。

草むらに足を取られながらも必死で走る。背後から呼子の音が夜空をつんざいた。

さて、どこへ行く。

とてものこと、逃げおおせられるものではないという弱気な気分が胸に突き上がる。

しかし、逃げきらないことには自分はおしまいだ。捕縛される前にお縫と偽者同心一味を捕らえてやる。

最早、迷いも弱気も捨てた。

矢作は強烈な使命感と義務感にとらえられた。全身の血が煮えたぎる。

ともかく、身を隠さねばならない。

面は割れているどころではない。南町奉行所で矢作兵庫助を知らぬ者はいないし、北町奉行所でもそこそこ顔は知られている。南町奉行所一の暴れん坊ゆえのことだが、その評判が裏目に出ているということだ。

嘆いている場合ではない。

江戸中を逃げ回ることなどできはしないということは、八丁堀同心たる矢作自身がよくわかっている。

「どうする」

夜空を見上げた。

雲間に覗く寒月が物悲しい。

いや、感傷に浸っている場合ではないと己を叱咤する。

一か八かだ。

目指すは八丁堀同心組屋敷、そう蔵間源之助の家に他ならない。

源之助は食事を終え、そろそろ休もうと思っていた。矢作の無事を祈ることしかできないのが歯がゆく苛立ちを隠せなかった。

久恵も口にこそ出さないが頭の中は矢作のことで一杯であろう。それゆえ、居間は無言が貫かれている。

重苦しい空気が漂う中、寝間へ向かおうとしたところで呼子の音が聞こえた。差し迫った様子から捕物であることが察せられた。心配げな顔の久恵に大丈夫だと声をかけ、様子を窺うべく玄関に向かう。

すると、引き戸を叩く音がした。

源之助はこの時、戸を叩いたのが矢作兵庫助に違いないと確信した。

案の定、

「親父殿、すまん」

という声が聞こえた。

急いで廊下を歩き玄関に至ると、裸足のまま三和土（たたき）に降りて格子戸を開ける。転がるようにして矢作が入って来た。着物は泥にまみれ月代と髭が伸びている。泥と思ったがよく見ると血も混じっていた。

肩で息をし、この寒夜に顔や首筋から汗を滴（したた）らせていた。

「上がれ」

事情を聞くのは後回しだとばかりに矢作に肩を貸し、家に上げた。久恵も出てきたが、何も言わずに立ち尽くした。

「腹が減っておるのではないか」

源之助の問いかけに、

「ああ、腹ぺこだ」

矢作が答えると、源之助に言われるより先に久恵は台所に向かった。

「いやあ、まいったぞ、親父殿」

矢作は笑顔を作ったが、

「腹を作ってからでよい」

源之助は制した。

すぐに久恵がこんなものしかありませんがと大ぶりの握り飯二つに沢庵を添えて持って来た。礼を言うのももどかしそうに握り飯を取ると、矢作はむしゃむしゃと頬張った。沢庵もぼりぼりと音を立てて嚙みくだき、実に美味そうである。

旺盛な食欲を見るとほっと安堵した。

久恵は何も聞かず居間から出て行った。

握り飯を食べ終えたところで、

「いやあ、まいった。しくじった、はめられた」

矢作は堰を切ったようにして語りだした。

お縫の誘いで紋次郎の墓参りをしたこと、紋次郎の墓の前で気絶させられ、気が付いたら湊稲荷から程近い閻魔堂の中に寝かされていた。

「横には、南町の内与力前野喜三郎さまの亡骸が転がっていた」

「転がっていただと」

「胸を刺されてな」

「ならば、あの呼子はやはりおまえを追っておるのか」

「そうだ。奴ら、おれを下手人だと思って追いかけているんだ」

強がりか矢作は失笑を漏らした。

「お縫は偽者同心一味に加担しておるのだな」

「今回の一件は、はなからおれに狙いをつけた企てのようだ。偽者同心一味はお縫の矢作兵庫助憎しの気持ちを利用したのだ。お縫に恨まれていることがわかっていながら罠にはめられるとは我ながら抜かっておったわ」

「これからどうするつもりだ」

「決まっている。お縫と偽者同心一味を捕縛する」

「おまえらしいな」

「親父殿、おれを捕縛するか」

「されたくはないだろう」

「だが、追手がかかっておるのだ。なんならおれを捕縛してくれてもいいぞ」

「馬鹿なことを申すな」

源之助は首を横に振った
「ならば、今晩は厄介になる」

「かまわん。だが、いつまでもここにいるというのはまずい。おまえは目立つからな。どこぞに、身を潜ませる所を確保しておいた方がいいだろう」

「すまん」

居住まいを正し、矢作は頭を下げた。

「今夜は休め」

源之助は言ってから思案を続けた。

二

十一日の未明になり、源之助は矢作を伴って屋敷を出た。矢作は月代と髭を剃り、源之助の着物を着て屋敷を出た。向かう先は杵屋である。

杵屋善右衛門には迷惑をかけることになるが、頼み込むしかない。矢作がお縫たちの狡猾な罠に陥(おとしい)れられたことは間違いないのだ。

この先、旗本奥山十郎左衛門は南町の同心が内与力を殺したという醜聞を活用し、南町奉行岩瀬伊予守を追い込むことだろう。

それにしても、内与力を殺したのはいかなるわけなのだろうか。

凍(こご)えるような夜明け前の寒さに背中が丸まってしまうが、歳のせいにはされたくはない。北風などにたじろいでなるものか。霜が下りた往来を踏みしめるときゅっきゅっと鳴った。

矢作にはこの北風、逆風に思えるかもしれない。

杵屋に着いた。

朝の早い善右衛門は母屋の縁側に座り、昇ったばかりの日輪を見上げていた。源之助と矢作に気付くと軽く頭を下げてから挨拶をしてきたものの、怪訝な表情を浮かべた。

「実は、頼みがあってまいったのです」

源之助はかいつまんで矢作が追われていることを説明した。

「それで、勝手ながら矢作を匿(かくま)ってもらいたいのです。むろん、町役人をお務めの善右衛門殿、お断わりくださっても当然のことです。無理強いは致しませぬ」

あくまで丁寧な物腰で源之助が頼み込むと矢作も頭を下げた。

善右衛門はにっこり笑うと、

「杵屋善右衛門は男でござる」

と、芝居がかった物言いをした。

源之助と矢作がきょとんとしたところで、向島に小さな寮があると言った。

次いで、

「この台詞、一度言ってみたかったのです」

善右衛門は仮名手本忠臣蔵十段目、役人の拷問にも屈せずに天河屋義平が言った名台詞、「天河屋義平は男でござる」を真似たようだ。

「なるほど」

源之助も微笑み、矢作もほっとしたようであった。

急いで、矢作は髷を町人風に結い直し、杵屋の前掛けをかけ、善右衛門の案内で源之助と共に向島へと向かった。

寮は地味な農家であった。偶然にも、小梅村にあり、福寿屋にも奥村屋敷にも近い。隠居してから善右衛門はここで畑仕事をやりながら余生を送るつもりであるそうで、なるほど、物置には農具が入っている。

藁葺き屋根のこぢんまりとした母屋を見て、

「手狭ですが」

善右衛門は言ったが、

「いや、十分でござる」

矢作は感謝した。

「ともかく、しばらくはここにおれ。わたしが、状況を確かめてくる。動くなよ」

源之助に言われ、矢作も素直に受け入れた。


源之助はその足で居眠り番に出仕をした。奉行所は矢作が南町奉行岩瀬伊予守の内与力前野喜三郎を殺したという話題で持ち切りとなっていた。

居眠り番では源太郎が待っていた。

「矢作のことか」

「兄上に限って、内与力さま殺しなどするはずはないと信じているのですが」

源太郎は言葉とは裏腹に心配そうである。きっと、美津も兄の心配で居ても立ってもいられないに違いない。

「矢作のことは大丈夫だ」

源之助ははっきりとしかも強い口調で言った。源太郎は聞きたそうだったが、それ以上問い質すことはよくないと察したのか口をつぐんだ。

「ともかく、お縫という女を見つけ出すことだ。三島町の絵双紙屋に当たりをつけてみろ」

源之助の助言に、

「わかりました」

矢作への心配を吹っ切るかのように源太郎は勢いよく答えた。

同心詰所に顔を出すと同心たちはみな出払っている。南町の大事件とあって北町も安穏とした空気はまずいと思っているのだろう。すると、中間が奉行がお呼びだと告げた。きっと、矢作のことも関係するのだろうと思いながら用部屋に向かう。

南北町奉行所に内緒で矢作を匿ったこと、杵屋善右衛門を巻き込んだことに罪悪感を抱きつつ、

「失礼致します」

断りを入れてから用部屋に入った。

永田は苦渋の表情となっていた。

「矢作のことでございますか」

「いかにも。南町の矢作、そなたとは親戚であるそうな」

「息子源太郎の妻美津の兄でございます」

「そうか」

永田は何か言いたげであったが、敢えて言葉を発することはなかった。それがかえって永田の町奉行としての苦悩を物語っているように思える。

「ところで、寄合席の奥山殿がかねてより、奉行所の在り方について批判を重ねてこられたのだが、それが偽者同心騒ぎと南町の同心どもの十手喪失、加えて矢作の前野殺しにより勢いづいてしまってな。いささか、手を焼いておる」

「清之進さま、奥山さまに養子入りなさるとか」

「そうなのじゃ」

永田は苦悩の色を深めた。

「南町奉行所の醜聞をとらえ、奥山殿は岩瀬殿に強く辞職を迫っておるそうじゃ」

「奥山さまにそのような権限はないはずですが、これも清之進さまを養子に迎え入れることとの強みということでございましょうか」

源之助の言葉に永田は渋々といった様子でうなずく。

「しかしな、南町は失態続きだからな。岩瀬殿が弱い立場にあることは確かだ。その上、今回の一件だ、このままでは奥山殿の思う壺となる。そこでじゃ」

永田は声を潜めた。

「なんでございますか」

源之助もつい声を低くしてしまう。

「清之進さまを使うことはできぬか」

「使うとは」

「言葉は悪いが、そなたのことじゃ。清之進さまをてなずけておろう。ならば、清之進さまから奥山殿の動きを牽制していただくのだ」

「と申されましても」

あの純真な若さまを利用することの罪悪感がある。それに、清之進にどのように奥山をけん制させるというのだ。世間知らずの若さまではないか。

「清之進さまに牽制とは、どのようなことでございましょうか」

「それは、身近に接しておるそなたが考えるべきではないか」

永田も焦っているのだろう。方策が思いつかないままに、なんとかしなければとだけ思いを強くしているに違いない。

とはいえ、表だって奉行の要請に逆らうわけにはいかない。

「よく、考えてみます」

無難に応じた。

すると永田が、

「そなた、定町廻りに戻りたいとは思わぬか」

と、誘い水をかけてきた。

「いえ、今更、戻りたいとは思いませぬ」

嘘ではない。正直な気持ちだ。定町廻りを外されたことへの意地ではない。居眠り番の役職に愛着が生まれたわけでもない。

自分でもうまく説明できないが、影御用を行ってきて、手柄のために役目遂行をすることがなくなり、役目遂行自体に苦しみ喜びを感じ、役目そのものに邁進することが身に付いたのだ。

役目を成就したら、どうなるという、言葉は悪いが餌に飛びつこうとは思わない。

ところが、永田は源之助の言葉を遠慮と受け止めたようだ。

「そなたほどの腕の立つ者をあのような部署に置いておくのはまさしく宝の持ち腐れと思っておる。ここらで、定町廻りに返り咲き、筆頭同心として存分に腕を振るってもらいたいのだが」

「それは、まず今回の一件が落着をみてから改めて考えたいと思います」

源之助は慇懃に頭を下げた。

「そうか」

源之助が喜んで受け入れると思っていたのだろう。永田の声音は失望で曇っている。

「ともかく、清之進さまのことはお引き受けしたからにはきちんと致します」

「頼んだぞ」

永田に言われ、座を払った。

正直言って当惑するばかりである。

とりあえず居眠り番に戻って今後の思案をする。

すると、

「御免くだされ」

清之進がやって来た。

今日の清之進はいつもの天真爛漫さがなりを潜め、暗い表情を漂わせている。

「さあ、入られよ」

寒風にさらされる清之進を気遣い、源之助は土蔵の中に招いた。清之進は重い足取りで入って来た。

「火にあたられよ」

火鉢を勧める源之助に、

「わたしはよい」

清之進は拒絶した。

「いかがされたのですか」

「申し訳ないのじゃ」

「申し訳ないとは」

「小石川養生所に通う者たちは暖を取るような炭もなければろくな着物もない。それでいて、お互いをいたわりあっておる。わたしなどは、ろくに働きもしないのに、ぬくぬくと暮らしてよいものであろうかのう」

清之進は小石川の養生所を見聞きして衝撃を受けたようだ。純粋な若さまだけに、驚きもひとしおであっただろう。そして、世の中の矛盾(むじゅん)を思ったことだろう。

清之進の純真さが養子入り先である奥山にどのような影響を及ぼすのだろうか。永田は清之進を取り込めと命じたが、この若さまを政争の具にしてもいいのだろうか疑問を感じる。

「間違っている」

清之進は嘆いた。

「清之進さまは、何をなさりたいのですか」

「わからん。わたしはどうすればいいのじゃ。このままでよいとは思わぬ」

悲し気な目で源之助を見る清之進に、

「そのお気持ちを忘れぬことが大事だと思います」

取ってつけたような言葉ではあるが、敢えて言った。

「だが、何もせずではどうしようもないではないか」

苦悩を滲ませる清之進のことを源之助は黙って見つめていた。

三

その頃、湊稲荷のそばにある船宿の二階にお縫と卯吉、朝吉が顔を揃えていた。

「あたしが、せっかく矢作の奴を誘い込んだっていうのにさ、なんだい、しくじったじゃないのさ」

お縫は朝吉をなじった。卯吉も苦い顔をしている。

「ま、いいじゃないか。同じことだよ」

どこまでも楽観的な朝吉に対し卯吉は、

「だけど、お縫が言ったように、南町の奉行を殺すはずが、殺したのは内与力とは手違いも甚だしいじゃないか」

と、不満を言い立てた。

「内与力だって同じことだって言ってるだろう」

朝吉は内与力前野喜三郎が通う妾宅を突き止め、待ち伏せて前野を殺した。亡骸は卯吉と仲間たちで湊稲荷近くの閻魔堂に運び込んだのである。

「奉行は警戒が厳重過ぎて手出しできなかったんだ。でもな、同心が内与力を殺したとなれば、大事件だ。奉行岩瀬の責任が問われるのは間違いないさ」

強気の姿勢を崩さない朝吉に、お縫と卯吉も反発心を募らせたようだ。むっとしながらお縫が詰め寄ろうとした時に、

「御免」

という声がした。

朝吉はお縫と卯吉の気勢をいなすように立ち上がると、

「どうぞ」

と、踊り場に立った。

階段を踏みしめる音がして木ノ内玄蕃がやって来た。

お縫と卯吉は頭を下げた。木ノ内は余裕たっぷりの顔で三人を見回し、

「よき、働きのようだな」

と、三人を誉めあげた。

「ありがとうございます」

朝吉は喜びの声を上げたが、お縫と卯吉はさえない顔のままだ。木ノ内は朝吉に向き直って、

「奉行は殺せなかったか」

「さすがに、御奉行は無理でございました。ご期待に添えず申し訳ございません」

朝吉がぺこりと頭を下げると、お縫と卯吉は複雑な表情を作った。朝吉が、

「ですが、木ノ内さま、内与力を南町の同心が殺すなどということは、それ自体が大変な醜聞でございます。おそらくは、御公儀開闢(かいびゃく)以来の出来事でございましょう」

「そうじゃのう。南町奉行岩瀬殿は嫌が上でも進退を問われることになろう。それに、偽者同心の一件もあるし、十手をすられた同心は矢作を含め三人、おまけに内与力を殺したのが矢作兵庫助とあっては、とてものこと奉行職に留まることはできまい」

奉行殺しが内与力殺しになっても、木ノ内は満足そうである。木ノ内にしてみれば、岩瀬が南町奉行でなくなればいいのだ。岩瀬失脚と共に奥山十郎左衛門の奉行就任が果たされると踏んでいるのだ。実際のところ、既に幕閣への根回しがすんでいるのかもしれない。

木ノ内に後押しされ、

「木ノ内さまもこう申されているんだ。おまえさんたちもこれで得心がいっただろう」

朝吉は読売で大々的に矢作による前野喜三郎殺しばかりか、これまでの南町奉行所の不祥事を騒ぎ立て、岩瀬を辞任に追い込むと息巻いた。

「やれ、どんどんやれ」

木ノ内もけしかける。

卯吉も頰を綻(ほころ)ばせた。

朝吉が、

「それで、奥山さま、間違いなく御奉行になられるのですよね」

「むろんだ」

自信満々に木ノ内は答えた。

「そうなりゃ、木ノ内さまは内与力でございますね」

朝吉に言われ、

「そのつもりだ」

木ノ内は胸をそらした。

お縫が、

「矢作は捕まったのですかね」

「さてな、そのうち捕まるじゃろう」

最早(もはや)関心がないように木ノ内は生返事をした。

「すんなり捕まりますかね。あっしは心配ですよ」

卯吉が水を差した。

「心配が過ぎるんだよ」

小馬鹿にしたように朝吉が鼻を鳴らした。

「だって、おれは矢作兵庫助とは直(じか)に接したんですぜ」

卯吉は懐中から一枚の紙を取り出した。そこには矢作の似顔絵が描かれている。

「そうだったね。あんた、福寿屋の旦那になりすましたんだ。大した役者ぶりだったそうじゃないか。あんたの手下に聞いたよ。手下たちは縛られていりゃよかったんだもの、まるで芝居見物のようだったって」

大仰(おおぎょう)に朝吉はお辞儀をした。

「福寿屋での大芝居、もっと、評価されてもいいと思いますぜ」

不満そうに卯吉は鼻を鳴らした。

「もっと、金を出せって言いたいのかい。でもね、あんたの芝居がうまくいったのは木ノ内さまが段取りをつけてくださったってこと、忘れちゃいけないよ」

朝吉の言葉を受け、木ノ内は鷹揚にうなずいた。

「そりゃ、福寿屋が店仕舞いをしたってことで、芝居ができたんですがね」

卯吉が言ったところで、階段を上がってくる足音が聞こえた。

「もう一人の功労者がやって来たぞ」

木ノ内は言った。

すると、一人の侍が入って来た。

小銀杏に結った髷、格子柄の袷を着流し、黒紋付の巻き羽織、まさしく八丁堀同心だが、実はこの男奥山家の若党川藤平助（かわふじへいすけ）という。

「これはまた、千両役者が来なすった」

朝吉は手を叩いた。

川藤は木ノ内の横に座った。狐目、細面で尖った顎、川藤こそが駿河屋に押し入った偽者同心上田であった。

「川藤、お主も本物の八丁堀同心になれるぞ」

木ノ内が言った。

「まことでございますか」

「御前が町奉行、わしが内与力なればおまえを同心にしてやる」

「それはありがたい。定町廻りは、商人どもから付け届けがあって実入りがいいって いいますからね」

川藤は帯から十手を抜き、頭上に翳(かざ)した。朱房がゆらゆらと揺れ、川藤の得意そうな様を際立たせた。

「お主(ぬし)、駿河屋に押し入る時はずいぶんと嫌がっておったが、芝居がうまくいって、すっかり八丁堀同心になりきっておるようじゃな」

木ノ内がからかうように声をかけると、

「もう、既に心は八丁堀同心でございますぞ」

川藤は懐紙で十手を愛(いと)おしげに拭いた。拭き終わるとじっと見入る。

「清之進さまをお迎えすることになり、奥山家の繁栄は約束されたも同然だ」

木ノ内は言った。

「さすがに、清之進さまのことは読売に書くことできませんぜ」

朝吉がくすりと笑った。

「冗談ではなく、断じてならぬぞ」

木ノ内は釘を刺した。

「わかってますって。読売の格好のネタですが、ほんと、勿体ないんですがね」

勿体ないと朝吉は何度も繰り返した。

ところが卯吉は、

「矢作と一緒にいたもう一人の同心も手ごわそうでしたがね」

「もう一人だと」

木ノ内が危惧の念を示した。

「そうですよ、むしろ、矢作よりも手ごわそうでした。矢作はその同心に指図を受けていましたからね」

危機感を覚えたのか卯吉の目は険しくなっている。

「心配ないって」

あくまで楽観的な朝吉に対して木ノ内は危惧の念を抱いたようで、

「その男、名前はなんと申す」

卯吉に問いかけた。

卯吉は思案するように天井を見上げてから、

「確か……蔵間……」

言ったところで木ノ内が鼻で笑い、

「蔵間源太郎か」

次いで朝吉が、

「木ノ内さま、蔵間とかいう同心を御存じなのですか」

木ノ内は小さく首肯してから、

「屋敷に訪ねてまいった。福寿屋のことを聞きにな。蔵間源太郎は北町の同心だと名乗った。まだ、歳若い。わしの一睨みですくみおったわ。蔵間源太郎なら心配ないぞ」

決然と木ノ内は断じた。

「それ、ご覧よ。木ノ内さまもこうおっしゃってるよ」

朝吉が宥めたところで、卯吉が訝しみ、

「いいえ、若くはありませんでしたぜ。練達の男のようでした。苦み走ったこわもての顔で……。なんと申しましょうかね、目つきが鋭いのなんのって。嘘をつき通すことなどできそうもありませんでしたぜ。それに、北町の同心がどうして南町の矢作と一緒に駆け付けてきたのですか。ありゃ、蔵間源太郎じゃありませんや」

早口で言うと紙に筆を走らせた。たちまちにして似顔絵が描かれた。

「これです。この男です」

卯吉が畳に似顔絵を置いた。

木ノ内が、

「なるほど、蔵間源太郎ではないな」

次いで朝吉が、

「蔵間源太郎じゃなくたって、高々同心一人、気にかけることなんてないよ。どんと、大船に乗った気でいりゃあ、いいさ」

と、鼻歌を歌いだした。空気が和むと思いきや、川藤が首を捻って、

「この者」

似顔絵を手に取ったため朝吉の歌声もしぼんだ。

川藤はじっと似顔絵に見入った。その真剣な様子に木ノ内が、

「心当たりあるのか」

川藤は木ノ内に向き直り、

「清之進さまの世話役となった男でございます。北町きっての腕利きの男だと評判とか。わたし、御前に命じられて北の御奉行所に行き、清之進さまの世話役を見てまいったのでございます。名は確か……。そうだ、蔵間源之助と申しました」

誰もが口を閉ざした。

「蔵間源之助とはひょっとしたら蔵間源太郎の父親ということか」

木ノ内が言うと部屋の空気が重くなった。

「蔵間源之助、偽者同心一味の一件に関わってくると思うか」

木ノ内はみなを見回した。

朝吉が、

「たとえ、蔵間源之助が辣腕であろうとも、矢作は捕まれば内与力殺しで厳罰を受けます。南町の事件に北町の蔵間は手出しできませんよ」

「そうだ」

安堵したように木ノ内は賛同したが、お縫は鬱々(うつうつ)とした顔のままである。

四

偽者同心一味探索は、矢作兵庫助の南町奉行内与力前野殺しという一件で思わぬ展開を迎えた。

朝吉が発行する読売は矢作による前野殺しを大々的に書き立て、南町奉行所を根本から変えなければならないと主張した。もっともらしい論調の読売に乗せられた野次馬が南町奉行所の前で好き勝手にやじり倒した。

数日が経過した十五日の朝、居眠り番で読売を読んだ清之進が、

「蔵間、南町の不正、放っておいてよいのか」

真っ直ぐな瞳で訴えかけてきた。この若さまは、読売を鵜呑みにしているようだが、他に情報はない以上、清之進の素直さを思えばそれも無理からぬことであった。

「南町が対応しておると存じます」

「北町は関係ないと申すか」

責めるような清之進の口調に、どのように返したらいいのか言葉に詰まってしまった。

「蔵間は北町、南町の垣根を超えた探索も厭わぬと思っておったがな」

清之進を失望させるようで忸怩たるものを感じる。奉行永田からは清之進を取り込むことを命じられている。

「蔵間、放っておいてよいのか」

清之進は咳き込んだ。

よほど興奮しているようだ。

「清之進さま、落ち着かれませ」

清之進の背中をさする。

「よい」

清之進は手で払い退けたが、咳は止まらないどころか、激しさを増すばかりだ。何もすることができずやきもきしながら清之進が落ち着くまで待った。

やがて、清之進の咳が治まった。しばらくの間、ぜいぜいと息を調（ととの）えた。

清之進は悲し気な顔になって、

「やはり駄目か。わたしにはようわからんが、南町の同心に何故手出しできぬ。奉行所の都合なのか」

あくまでこだわり続ける清之進にこのままもやもやを残されるのは憚（はばか）られる。

源之助は清之進に向き直り、

「清之進さま、読売を鵜呑みにされますか」

と、問いかけた。

清之進はきょとんとなり、

「間違っておると申すか」

「読売と申すものは、売り物でございます。いかに売るのか。それは、人々の興味をそそる記事を書くことです」

「では、嘘を書きたてておると申すのか。そのようなことをすれば、読売屋は咎められるであろう」

清之進は読売に視線を落とした。

「全てが嘘というわけではございません。この記事で申しますと」

源之助は読売を手に取り、清之進に差し示しながら、

「内与力の前野喜三郎さまが殺されたということは事実でございます。前野さまの遺骸が湊稲荷近くにある閻魔堂で見つかったのも事実です。わかっているのはそれだけでございます」

源之助は矢作が自宅に駆け込んで来たことは伏せた。

今、清之進にわからせなければならないことは、読売のいい加減さであって、真実ではない。

「しかし、読売には矢作兵庫助が閻魔堂の中に潜んでいて、南町の捕方の目を盗んで逃亡したとあるぞ」

清之進の顔は上気した。

「わたしは南町に問い合わせました。捕方が閻魔堂に踏み込んだ時、閻魔堂の中には

前野さまの亡骸しか転がっていなかったのです。ただ、閻魔堂に下手人が潜んでおるという通報が湊稲荷の自身番から届いて捕方が捕縛に動いたのだとか。自身番には女が通報に駆け込んだそうです。で、その女はすぐに居なくなったと」

「それがどうして矢作の仕業となったのだ」

「朝になり、謹慎中の矢作が居なくなっていることが判明したのです。それで、南町が矢作の行方を追ううちに、いつの間にか矢作が前野さまを殺したという疑いが独り歩きをしていったというわけです。いや、独り歩きではなく読売が勝手に書きたてたに過ぎません」

「では、確証はないのだな」

　清之進は首を捻った。

「ございません」

「確たる証もないのに、矢作は下手人扱いをされておるのか」

「そういうことです」

「読売は矢作には前野を殺すわけがあると記しておる。偽者同心一味を捕縛することができず、おまけに十手をすられるという失態を前野に咎められ、それを根に持ったとか」

「そこがおかしいのです」

「何がおかしいのだ」

「前野さまは内与力でございます。内与力は御奉行岩瀬さまのご家来、奉行所内で力を持った立場ではありますが、あくまで御奉行と与力、同心たちの繋ぎ役でございます。奉行所の実務には口を挟むことはまずありません」

「何故じゃ」

「こう申しては不遜なことと受け取られかねませんが、御奉行はずっと御奉行であられるわけではありません。内与力は御奉行がおられる間だけ奉行所と関わるのです。一方、与力、同心は先祖より代々、十手を預かり、生涯を奉行所に奉職致します。よって、実務には口出しをしないのが慣例でございます」

「なるほどのう。では、矢作と前野が日頃より不仲というのも嘘ということか」

「嘘でござりましょう。同心と内与力、不仲になるほど、接触はございません。口を利くことのない者同士が不仲になんぞ、なりようがございませぬな」

源之助は言った。

「ならば、読売がどうしてこのように見てきたような記事を書く。そして、書くことができるのじゃ」

清之進の目が輝きを放ち、好奇心が溢れんばかりになっている。

「確かめますか」

源之助は言った。

「読売屋に行くということか」

「そのような下賤な所、お嫌でございますか」

「嫌なはずはない。読売屋、大いに興味を抱いた。そして、嫌悪感を抱いた」

読売を握りしめ清之進はすっくと立ち上がった。


源之助は清之進を案内して、芝三島町までやって来た。軒を連ねる絵双紙屋の店先には派手な錦絵や浮世絵が溢れている。清之進は立ち止まっては手に取り、珍し気に眺めていたが、朝吉のことを思い出したのかキッと口をへの字に引き結んで源之助を促した。

やがて、朝吉の絵双紙屋の店先に立った。

店の中を覗く。

帳場机であぐらをかいている男は京次が言っていたように目つきが悪く、いかにも読売屋だ。朝吉に間違いはないだろう。

「あれが、朝吉か」

清之進が耳元で囁いた。

源之助がうなずくと、

「朝吉、御用だ」

いきなり清之進は叫ぶや店の中に飛び込んだ。源之助が止める間もなかった。

店内にたむろしていた客たちが慌てて身を避ける。煙草(たばこ)を吸っていた朝吉が雁首(がんくび)を
火鉢の端に打ちつけ、

「なんでえ、藪(やぶ)から棒に」

と、八丁堀同心を見ても一向に動じずに険(けん)のある目と伝法(でんぽう)な言葉を投げてきた。

「この不届き者」

清之進は喚(わめ)き立てる。

朝吉は慣れたもので、

「お見かけしたところ八丁堀の旦那のようですがね、いきなり人を嘘つき呼ばわりは
ないんじゃないですか」

客に向かって笑い声を放った。

「おまえは嘘つきだ」

清之進は怒鳴りつけた。

「おいおい、この八丁堀同心、罪もないあたしを咎めているよ。読売ってのは、民の声なんだ。民の声を塞ごうってのがお上のやり方ってのなら、あたしは戦いますぜ。民の閻魔大王さまになり代わってこの世の悪を裁いてきた閻魔屋朝吉の意地ってもんだ」

朝吉は役者にでもなったように見得をきった。それに対し、客たちがやんやの喝采を送る。

「ほれほれ、民の声を聞いてくださいな」

朝吉は耳に手を当て、客たちの声援を聞いた。

みな、清之進を咎め始めた。遠慮会釈のない罵詈雑言を浴びせる。若さま育ちの清之進は、他人から罵られたことなどはないだろう。顔が恐怖に引き攣り身体がわなわなと震え始めた。

「さあ、出て行っておくれな」

朝吉は立ち上がるや冷然と言い放った。

気圧された清之進は黙り込む。

「出て行くんだよ」

嵩にかかった朝吉を、

「少し話を聞かせてくれ」

源之助は低いがよく通る声で遮った。朝吉がこちらを向く。源之助は静かに見返す。

朝吉の目が泳いだ。全く動じない源之助を見て侮りがたいと思ったようだ。

朝吉の警戒心は客たちにも伝わり、清之進をなじっていた声が止んだ。源之助はゆっくりと客たちを見回し、

「少しばかり、朝吉と話をする。その間、外に出て行ってくれぬか」

決して言葉を荒らげたりはしないが、いかつい顔を際立たせただけで、誰一人逆らう者はなく潮が引くように店の前からいなくなった。

朝吉は正座をし、

「お話、承りましょうか」

と、源之助に言った。

源之助は清之進を促し、横に座らせた。

五

「なんです。読売のことですかね」

朝吉の口調が柔らかくなった。

「そうだ」

「南町の旦那方には何度もお話をしましたよ」

「我らは北町である」

「北町……」

「北町の蔵間源之助と申す」

名乗ってから清之進のことも徳田清之進と紹介したが、朝吉は源之助に視線を預けたまま清之進を見ようともしない。

次いで、

「蔵間の旦那……」

ぽつりと呟いた。

「どうした。わたしを知っておるのか」

我に返った朝吉は早口になり、

「あ、いいえ、存じております。いえ、お会いしたことはございませんが、ご高名はかねてより耳にしておりますということですよ」

「ろくな評判ではあるまい。それよりも、読売の記事について聞きたいことがあるのだ」

「北町の旦那が南町の不祥事に首を突っ込むんですかい」

動揺から立ち直ったようで、朝吉は元来のふてぶてしい態度になった。

「ああ、突っ込むぞ」

当然のように源之助が返すと、

「探索に北も南もない」

清之進が強い口調で口を挟んだ。

「ほほう、こちらのお若い旦那、威勢がいいね。見習いさんらしいが、張り切っていなさる」

朝吉の小馬鹿にしたような物言いに清之進は怒りを露わにしそうになったが、源之助が膝を指で小突いて制した。清之進は黙ったものの、拳を震わせて怒りを抑えている。

「練達の蔵間の旦那に小言を言う必要はないと存じますがね、差配違いの南町の一件に関わるなんて決していいことはないと思いますよ」

脅しめいたことを朝吉は言ってきた。

「なるほど、北町が南町の一件に関わるのはよくはない。でもな、身内が濡れ衣を着せられた上に甚だしく名誉を傷つけられたとあっては、黙ってはおれんのだ」

　低いが野太い声で言い返す。

　朝吉の目が大きく見開かれた。

「蔵間の旦那、矢作の身内でござんすか」

「倅の嫁の兄だ。よって、矢作のことはよく存じておる。矢作と前野さまに深い関わりなどはない。殺す理由などないのだ」

「ですがね、南町じゃ矢作の旦那の仕業だって言ってますぜ」

　朝吉は視線を落とし、煙管を咥えた。

「誰からそのようなことを聞いたのだ」

「ある同心の旦那ですよ」

「だから、誰だ」

「それは申せませんや。あたしら読売屋はネタ元は明かさないってのが決まり事ですからね」

　朝吉は平然と言い返した。

「わたしは、南町に問い合わせた。なるほど、矢作の行方はわからぬ。それゆえ、前野さま殺しとの関わりも含め矢作を追っておるということだった。ひょっとして、矢作も命を落としておるかもしれぬという危惧の念があるからとも申しておった」

あくまで淡々と言った。

清之進が、

「おまえは、証もないのに好き勝手に書き立てたのであろう」

朝吉は動ずることなく、

「好き勝手じゃござんせん。南町の内与力が殺された。十手をすり取られたどじな同心は出仕停止中にもかかわらず、行方がわからない。これだけの、事実がありゃ、誰だって内与力殺しと同心を結びつけるのは当たり前じゃござんせんか」

口をもごもごとさせて、清之進は抗議の姿勢を取った。

「憶測で記事を書いたことを認めたということだな」

源之助はにんまりとした。

朝吉は目を伏せた。やり込められて自分の行いを反省したと思いきや、顔を上げげらげらと笑い声を放った。清之進がいきり立って、朝吉の襟首を摑んだ。朝吉の身体が持ち上がり、苦しそうに身をよじらせてはいるが顔は笑っている。

源之助が背中を叩くと清之進は朝吉から手を離した。

朝吉はすとん腰を下ろした。

「威勢がいいのは結構なこったが、探索の基本を学んだ方がいいですよ。ねえ、蔵間の旦那、旦那がよく指導して差しあげないと」

朝吉は余裕である。

「おい、図に乗るのも大概にしろ」

源之助が言うと、

「こいつはご挨拶だ。あたしら読売屋はね、図に乗るのが商いなんですよ。図に乗ったあたしが作る読売だからこそ、いろんな人が買ってくれる。みんな、読売を読んで気持ちがよくなる、日頃の鬱憤を晴らすというわけですよ。そんなこと、練達の同心の蔵間の旦那ならよくおわかりだと思いますがね」

朝吉という男、根っからの読売屋なのか、悪びれることもなく平気で言い返す。

「なるほど、読売屋の理屈だな。しかし、それを盾にいい加減な記事を書いていいものではない」

「なら、矢作って同心の身の潔白を晴らしたらいいでしょう」

朝吉は挑戦的になった。

「むろん、そのつもりだ」

源之助とてもこのまま引き下がるつもりはない。

「もう一度尋ねる」

清之進が言った。

「なんですよ」

朝吉はうんざり顔だ。

「南町の誰から聞いた」

「ですから、それは明かせません」

朝吉は強く拒絶した。

「まるで見てきたようではないか。おまえ、その場におったのではないか」

清之進は追及の手を緩めない。

「そこが、読売屋の腕の見せ所なんですよ」

朝吉は腕捲りをして、左手でぽんと手を叩いた。

清之進が首を捻ると、

「その場で見てきたようなことを書くからこそ、真実味を帯びるんです。ですからね、数ある読売でもあたしの読売の評判がいいのは、そこなんですよ」

「実際にその場にはおらなかったんだな」

「いるはずございませんよ。湊稲荷の近くの閻魔堂だなんてあらかじめ知っているはずござんせんや」

朝吉は笑った。

「つまり、いい加減だということではないか」

清之進は言った。

「ともかく、あたしに罪はありません。罪があるのは矢作の旦那、おおっと、旦那方は矢作の旦那は濡れ衣だと思っていらっしゃるんでしたね。なら、前野さま殺しの罪人こそが悪だと言い直しましょうか。その悪人にこそ十手を向けるべきでございます。罪もない読売屋を追い詰めたところで世のため、人のためにはなりはしませんよ」

訳知り顔で朝吉は小言を並べた。

清之進は呆れたように見つめていた。

「なら、そろそろ、話はいいでござんしょう。あたしも暇な身体じゃないんでね」

朝吉は横を向いた。

「手間を取らせたな」

源之助は立ち上がった。清之進も不満そうだが腰を上げた。

「また、寄ってくださいとは言いませんよ。もう、二度と、来ないでくださいまし」

朝吉に言われ、清之進は屈辱に身を震わせて店を出た。出るなり、

「このままでいいのか」

　と、憤りを示した。

「しかし、読売屋を咎めることはできませんぞ」

「納得できぬ」

　清之進らしい邪心のなさがほとばしっている。

　これを若さまの我儘（わがまま）とは言えない。

　それに、朝吉、単に読売を売って利益を得ようとしているのではあるまい。もっと、大きな狙いがあるのではなか。

　それにしても、いかにも用意がよ過ぎる。矢作が十手をすられた失態の時もいち早く読売にした。今度の前野殺しも妙に詳細まで調べている。

　南町にネタ元がいるとは思えない。

「おのれ」

　思わず呟いた。

「やはり、許せぬか」

　清之進は訊いてくる。

「そうですな」

「ならば、いかにする」

「敵を知ることです。朝吉のこと、調べます」

「わたしも一緒だ」

清之進は言った。

が、すぐに咳をした。

憤ったためか、咳き込み方が激しい。さすがに放ってはおけない。どこかで休もうと思った。清之進の顔は青ざめ、咳は鎮まったものの、いかにも苦し気だ。

近くに蕎麦屋があった。

源之助は肩を貸して清之進を蕎麦屋へと連れて行くと、主人に休ませてくれと頼んだ。主人は奥の小部屋ならと応じてくれた。

清之進を奥の小部屋に寝かせた。

「すまぬ」

清之進は詫びたが、

「無理をなさってはなりませぬ」

主人に医者を呼んでもらった。

六

医者は応急処置をした。

咳止めと熱冷ましの薬を与えた。すやすやとした眠りについた清之進の寝顔を見ているとなんとも安堵した表情となった。

「ご同僚、休職させた方がよろしいですぞ」

医者の口調には批難が込められていた。

「そんなに悪いのですか」

「労咳ですな」

医者は言った。

労咳……。

清之進が労咳だとは。ならば、町廻りなどしている場合ではない。

源之助の心配をよそにすやすやと半時ほど眠って後、清之進は起きた。

すっきりとした顔であるが、労咳と聞いたからか、空元気に思えてはならない。

「駕籠を待たせておりますから、本日はお帰りになってください」

源之助が勧めると清之進は素直に従った。

清之進、思いの外(ほか)に暗い影を背負っているようだ。

蕎麦屋を出た。

日輪は大きく西に傾いている。

雑踏に身を委(ゆだ)ねようとした時、女の影が近づいて来た。と、思ったら身体にぶち当たった。

反射的にすりだと思った。

すかさず、源之助は女の手を摑みねじり上げた。

「い、痛い」

「すった物を返せ」

「すってなんかいないさ。旦那、懐を確かめな」

女は言った。

源之助は右手で女の手を摑んだまま、左手を懐に差し入れた。

——十手だ——

十手を引っ張り出した。

「すったんじゃない。返したのさ」

「おまえ、お縫か」

源之助の問いかけにお縫はうなずいた。

お縫は矢作の十手を返してきたということだ。

何故だ。ひょっとしてこちらの側に立つということか。それとも、何か魂胆があってのことなのか。

「旦那、あたしを疑っていらっしゃるでしょう」

「腹を割って話してくれ。矢作を嵌(は)めた経緯(いきさつ)と偽者同心一味との繋がりが知りたい」

源之助は言った。

「その前に面白い所へご案内しますよ」

お縫は源之助の返事を待たずに歩きだした。ひょっとして自分も罠に嵌めるつもりなのか。迷いが生じたが、ここはお縫を信用することにした。

お縫は人の波に身を委ね、心持ち足を速めて行く。少しの間を置きお縫の後ろ姿を見失うまいと後を追う。

幸いにしてお縫は真っ赤な着物を着ているせいで、見失う心配はなかった。町中を過ぎ、小路へと入った。

どんつきに小じゃれた家がある。

見越しの松が夕風に揺れていた。

どこかの妾宅といった風である。

お縫は木戸門の前に立ち止まった。

「ここがどうした」

源之助の問いかけに、

「まあ、見ててごらんよ。もう、そろそろだからさ」

お縫は思わせぶりににやりと笑って見せた。

源之助は口を閉ざしてお縫に従った。お縫は柳の木陰に身を寄せた。源之助もそれに倣う。

二人は息を殺した。

ほどなくしてやって来たのは朝吉だった。朝吉は軽い足取りで家の木戸を潜った。

「来たよ」

機嫌のいい声を放つと格子戸を開けた。

「朝吉の女の家か」

それがどうしたという思いで問い返した。朝吉を聖人君子などとは思わない。女の一人も囲っていたところで驚きはしなかった。

ところが、

「旦那、南町の前野さまが殺された場所、どこだって御存じですか」

「湊稲荷近くの閻魔堂ではなかったのか」

疑ってもいなかった。

「ここさ」

お縫は言った。

「ここは、朝吉の妾宅ではないのか」

「朝吉はここに住む女、お幹にぞっこんだったんだ。ところがお幹は前野さまの女だったんですよ」

お幹は元は柳橋の芸者であった。

「朝吉がお幹に近づいたんだ」

お幹に朝吉は、読売のネタを提供してくれれば銭を払うと持ち掛けていた。お幹も小遣い稼ぎになるものと気軽に引き受けた。そうしてやり取りをしているうちに、朝吉はお幹に惚れ、お幹は南町奉行の内与力前野に見染められた。

お幹は前野に囲われたのだった。

「朝吉は悔しがったよ」

「それでどうした」

「朝吉はね、どうしてもお幹を手に入れようと執念を燃やしたのさ」

「すると、前野さま殺しの企ては朝吉が行ったのだな」

「本来は奉行の岩瀬さまを狙うはずだったんだ。ところがね、あいつの一存で前野さま殺しとなった」

朝吉は岩瀬を狙わないのは警固が厳重のためだと言っていたが、実はお幹欲しさということがわかり、お縫は心が離れたのだった。

「腹黒い奴さ」

お縫は吐き捨てた。

「なるほどな」

源之助はうなずく。

第五章　鈍色の捕縛

一

じりじりとした日々を矢作は過ごしている。

源之助からは動くなと言われているが、探索の虫が疼いて仕方がない。苛々しながら寝転がっていると、

「御免ください」

妙に明るい声がした。その明るさに警戒心が解かれてしまったほどだ。

障子の隙間からそっと庭を窺うと、

「善太郎です。杵屋の倅です」

善太郎がにこやかに一礼した。

「おお、入れ」

矢作は縁側に出た。善太郎は風呂敷包みを縁側に載せて広げた。

重箱に握り飯と惣菜が詰めてあった。卵焼き、蒲鉾、牛蒡が彩りよく並んでいる。

思わず目が細まった。

「ここは何かと不自由でございますからな。どうぞ、お召しあがりください」

善太郎は言った。

「すまんな」

矢作は握り飯を食べ、箸で蒲鉾を摘まんだ。

「ご辛抱たまらないんじゃございませんか」

「当たりまえだ」

矢作は言った。

「でしょう」

善太郎はにんまりと笑った。

「どうしたのだ。おれの困っている顔を見てうれしいのか」

ついつい善太郎に絡んでしまう。

「絡まないでくださいよ。あたしはね、矢作の旦那のことを思ってちょいと用意してきたもんがあるんですよ」

善太郎は言った。

「なんだ、勿体をつけることはあるまい」

矢作が言うと、

「あたしと一緒に行商をやりませんか」

「はあ……。行商だと。いくらなんでも行商などできるか。まさか、おれが八丁堀同心を失職したあとのことを考えろということか」

矢作は大きく舌打ちをした。ところが善太郎は大まじめに、

「やっていただきます。行商の面白さがわかりますからね」

「行商人の心を学べとでも言うのか」

顔を歪める矢作に、

「新しいお得意さまを探すんです。新しいお出入り先を開拓するんです。あたしはね、今までのお客さまを大事にすることはもちろん、新しいお客さまを獲得するのも大事だと思っているのです」

「もっともだ」

善太郎の講釈などはどうでもいい。

「で、これから是非にもお出入りを叶えたいと思っているお武家屋敷があるんですよ。近頃馬鹿に威勢のいいお旗本、奥山十郎左衛門さまのお屋敷でございます。幸い、ここからは目と鼻の先ですしね」

「奥山十郎左衛門だと」

　矢作の目が輝いた。

「どうです。あたしと一緒に行ってみたくはございませんか」

「むろんだ。こいつ、芝居がかりおって」

　矢作は笑い声を放った。

「ならば、早速まいりましょうか」

　善太郎に従う。

　寮の物置から草履や雪駄、下駄を取り出し、善太郎は手早く風呂敷に包む。杵屋の屋号が染め抜かれた前掛けを矢作は身に着けた。

　善太郎に渡された履物の入った風呂敷包みを背負った。

「口上（こうじょう）とか挨拶はあたしがやりますんで、矢作さまは黙っていてくださいね」

　善太郎に言われ、

「ああ、任せる」

矢作は胸が浮き立ってきた。

「行きますよ」

善太郎に続いて寮を出た。

奥山屋敷の裏門にやって来た。

善太郎が番士に挨拶をするとすぐに通された。善太郎と番士のやり取りからして、善太郎は既に番士に取り入っているようだ。

裏門脇の潜り戸から入り、裏庭に出た。

御殿の裏手で善太郎は履物を広げる。女中たちがやって来た。赤い鼻緒の草履を手に善太郎はにこやかに履物を勧めた。横で愛想笑いを浮かべているが、矢作が笑ってもぎこちなく頬が引き攣ったに過ぎない。

警戒心を呼び起こしたようで、女中たちは誰も近づこうとしなかった。

すると善太郎が、

「おまえ、腹を下したって言ってたけど、厠(かわや)をお借りしたらどうだい」

と、声をかけてきた。

「え、ええ」

一瞬、なんのことかと思ったが善太郎の顔は思わせぶりだ。厠へ行く振りをして屋敷内を探るよう勧めているのだ。

「あ、そうだ。すみませんね」

矢作は女中から厠の所在を確かめると、その場をすっと抜けた。

厠を目指すふりをして屋敷内を探る。

中間小屋があった。

耳をすませると、中からは博打をやっているような声が聞こえてきた。賭場ほどの盛大さではない。中間同士が暇つぶしに行っているのだろう。

そっと、中を窺う。

引き戸を開けて隙間から中を覗いた。

やはり、中間たちがサイコロを茶碗に入れて丁半博打に興じていた。昼間から酒を飲み、そのだらしないことといったらない。

中間の中にどこかで見たような顔があった。

「あいつ」

矢作は声を出しそうになった。

福寿屋の主人藤五郎に違いない。

「おのれ」

歯嚙みをした。

すると背後から足音が近づいて来た。

矢作はさっと植え込みに身を隠した。でっぷりと肥え太った侍が中間部屋を覗き、

「卯吉」

ひどく不機嫌な声で呼ばわった。すぐに中間が出て来た。

まさしく福寿屋の藤五郎だ。

この男、奥山家の中間であったのか。

「これは、木ノ内さま。奥山家の用人さまがわざわざこのようなむさ苦しい場所においでにならなくとも、呼んでくだされば駆けつけましたものを」

卯吉は腰を折った。

「様子を見に来たのじゃ。案の定の有様じゃな。この自堕落さは」

木ノ内の顔が険しく歪む。

「すいません。あっしから言い聞かせますんで」

「よいか、何度も申しておるように、わが奥山家はまもなく将軍家より清之進さまをお迎えするのであるぞ」

「わかっております」

「わかっておって、この様か。中間たちを引き締めよときつく申したはずだぞ」

木ノ内は承知しない。

「お言葉ですがね、将軍さまのご子息なんて雲の上のお方がいらっしゃるんってんで、中間ども、もう、博打はできねえんじゃないかって、それなら、今のうちにやっておこうと、楽しんでいるんですよ」

木ノ内の剣幕に卯吉は言い訳を並べた。

「それなら、心配はない。御前は南の御奉行になられる。さすれば、町奉行の役宅にて普段はお暮しあそばす。清之進さまもご一緒じゃ。この屋敷は南町奉行の私宅となるわけだ。とすれば」

木ノ内はにんまりとした。

するとそこへ同心姿の男がやって来た。右手に十手を掲げ大股で歩いて来る。

矢作は目を凝らした。

南町奉行所の同心ではない。北町でも見かけたことはない。

――こいつ、ひょっとして――

偽者同心かと息を殺した。

果たして、

「川藤さま、駿河屋で活躍されて以来、すっかり八丁堀同心の格好が板につきましたな。とても奥山さまの若党には見えませんよ」

「おまえも、すりには見えんぞ」

気をよくしたようで川藤は十手をくるくると振り回した。

あの野郎、八丁堀同心の魂を粗略に扱いおって。矢作の胸が怒りで焦がされる。

「川藤さま、今、木ノ内さまからお聞きしたのですが、こちらのお屋敷は町奉行さまの私宅となります。御奉行さまのお屋敷を探る酔狂な役人はおりません」

卯吉はうれしそうだ。

「となると、大々的に賭場が開けるのう」

川藤は十手を懐に差し、壺を振る真似をした。

「川藤さま、賭場に借金が残っておったこと、お忘れではございませんな」

「五両ばかりではないか。閻魔屋の朝吉に比べたら微々たるものじゃぞ」

「朝吉は五十両余り、ようも負け続けたものじゃのう」

川藤が言うと、

「しかし、それで今回の企ての絵図ができたとも申せる」

木ノ内が言った。

「なるほど、奥山さまの博打で繋がった我らでございますからな」

卯吉が言うと川藤も木ノ内も愉快そうに肩を揺すった。

そうか、偽者同心一味は奥山家の中間部屋で開かれていた賭場で結びついたのだ。

卯吉という中間、閻魔屋朝吉はとかく評判の悪い読売屋、川藤という奥山家の若党、そして奥山家用人木ノ内が企てた。卯吉はすりということだ、お縫は卯吉を通じて一味と繋がったのではないか。一味はお縫の矢作兵庫助への恨みを利用し、十手をすりとらせ偽者同心を仕立てることができたのだ。

こいつら、おれをはめて南町奉行所の評判を貶め、奥山十郎左衛門を奉行に就け、奥山屋敷で賭場を開帳し大儲けを企んでいる。賭場ばかりではない。町奉行の看板を大いに活用し、悪事を働くに違いない。

「そうは言っても、油断は禁物じゃ。よいな」

木ノ内が浮かれる卯吉と川藤を引き締めた。

「わかっておりますよ」

「まことであろうな。上手の手から水が漏れるものだからな」

木ノ内が言ったところで、

「実は、一つ心配なことがあるんですよ」

と、卯吉が言った。

「どうした」

「お縫でございます」

「お縫がどうしたのだ。分け前に不満でも持っておるのか」

「分け前にではなく朝吉のやり方に不満を持っているんです」

「どんなことだ」

「朝吉、調子のいいことを言って、あっしたちと語らって悪事を働いておきながら、その実、自分の思いを遂げるのに利用していただけなんだって大した怒りようでございます。ほら、前野さま殺しですよ」

「奉行の岩瀬殿ではなく、前野を狙ったということにまだ不満を抱いておるのか」

木ノ内は小首を傾げた。

「朝吉の奴が入れ込んでいた芸者お幹を自分のものにしたくって前野さまを殺したということに腹を立てているわけでして」

「朝吉め、しょうのない奴だ。ともかく、岩瀬殿の失脚は間違いないだろうが、それにしても朝吉の狡猾さ、いい気はせんのう」

木ノ内は言った。

「お縫、妙な考えを起こさなければいいんですがね」

「心配か」

「お縫は親父さんの仇を討ちたくて仲間に加わっただけに、思惑よりも事態が大きな方向になっていくことに不安を感じているようですぜ」

「それはちとまずいのう」

「どうします」

「消すよりほかはないだろう。お縫はおまえに惚れておるのじゃ、任せる」

「朝吉はどうします」

「あいつもそろそろ目障りになってきた」

木ノ内は言った。

二

植え込みに蹲（うずくま）ったまま矢作は身じろぎもしなかった。

やり取りを聞き、偽者同心一味の素性と企てが明らかとなった。

清之進を養子に迎えることを利用し、奥山が町奉行となり、町奉行の立場で大いなる私服を肥やそうというとんでもない連中である。こんな非道な者どものために自分は利用された。

しかも、罪を負わされて名誉を失墜させられるどころか、命までも奪われようとしている。

こんな連中にはめられたままでは死ぬに死にきれない。今にも飛び出して、こいつらをぶちのめしてやりたい。

だが、敵陣の真っ只中とあっては多勢に無勢、出て行ったら中間たちに捕らえられ、奉行所に突き出されるだろう。奥山の大きな手柄となり、奉行就任に弾みをつけるというものだ。

矢作は善太郎と共に杵屋の寮に戻った。

「いかがでしたか」

善太郎に問われ、

「大いに成果を得ることができた。礼を言うぞ。いずれ、一杯奢るからな」

軽く頭を下げる矢作に、

「お役に立ててよろしゅうございました。では、必ず一杯ご馳走してくださいね」

善太郎は日本橋の店へと戻って行った。

寮に入ると、

「お縫、おまえ……」

お縫が出迎えた。

矢作が拳を握りしめたところで母屋から源之助が出て来た。

「親父殿」

矢作もさすがに驚いた。


「どこに行っておったのだ」

さすがに源之助は厳しい口調で問い詰めた。

「奥山さまの屋敷だ」

矢作は善太郎と共に商いのふりをして奥山屋敷を探ったことを話した。

「卯吉という中間が福寿屋藤五郎を騙っておった。卯吉ばかりではないぞ。駿河屋に押し入った偽者同心は奥山家の若党川藤何某だし、閻魔屋の朝吉も繋がっておった。

そして、一味を動かすのは奥山家用人の木ノ内だ」

矢作は怒りを抑えながら続けた。

語り終えると、お縫がその通りですと矢作の探索を肯定した。矢作がお縫に、

「木ノ内は卯吉を使って朝吉とおまえの命を奪おうとしておる」

「許せない。散々、あたしのことを利用しておいて、あたしを殺すって……。許せない、卯吉はおとっつあんに一人前のすりにしてもらったんだ。それなのに……」

お縫は怒りを爆発させた。

「それを言うならおれも同じことだ」

矢作も怒り心頭の様子である。

二人が湯気を立てて憤っているのを眺めていた源之助であったが、やおらお縫に目くばせした。お縫ははっとしたようにうなずくと、

「矢作の旦那、これ、お返しします」

殊勝に十手を矢作に返した。

矢作はしばらくむっつりとしていたが、黙って受け取り、帯に差した。

「やはり、これがないと、身体の均衡が保てぬな。気のせいかもしれないが、身体の一部のようだ」

矢作は軽く跳ねて見せた。

「鬼に金棒ならぬ矢作に十手だな。おまえはまこと十手が似合う」

源之助が言うと、

「からかうな。でも、十手が戻ったからといっておれの名誉が回復されたわけじゃない」

矢作は自分の立場をわかっている。そのことが矢作の、単なる暴走男ではない八丁堀同心としての確かさを物語ってもいた。

「清之進さまが養子入りをなさる前に、あいつらの企てを潰さなきゃいけない。でないと、手遅れになるからな」

清之進の健康状態を知らない矢作に、源之助は清之進の労咳を伝えることはできなかった。清之進が気の毒になって、胸が塞がれる。果たして清之進は自分の運命をどう思っているのだろうか。

「どうした、親父殿、浮かない顔だぞ」

「いや、なんでもない」

それ以上は気にかけることもなく矢作は、

「ならば、お縫、我らのために働くか」

「なんでも言ってくださいな。既に卯吉に愛想を尽かして蔵間の旦那にお味方しようとしていたところですからね」

お縫の言葉を受け、

「親父殿、いかにする」

矢作は言った。

「朝吉を使えぬか」

「おれもそれは考えた。朝吉の奴をいかにするかだ」

「あたしにいい考えがありますよ」

お縫は言った。

と、ここで俄(にわ)かに空模様が怪しくなってきた。風も強くなった。

「なんだか、時節外れの嵐がやって来るかもしれないな」

矢作は曇り空を見上げた。

十六日の朝、源太郎は芝の浜で打ち上がった亡骸(なきがら)を検(あらた)めていた。

両足を縛り、大きな石に結び付けて沈められていたのだが、嵐によって大川の流れが急となり、縄が切れて浮かび上がったのだった。亡骸の着物ははがれていたが、かろうじて首に巻きついた御守が残っていた。

それは向島三囲稲荷の御守で、竹次郎、菊、という男女の名があった。

源太郎は亡骸を芝の自身番に運び込んで、すぐに梅吉に使いをやった。

ひょっとして、福寿屋藤五郎なのではないか。その予感は間違いないと自分では思っている。

とすれば、奥山の用人、木ノ内に口封じされたとしか思えないではないか。

やがて京次の声がした。

「失礼します」

「入れ」

京次は梅吉を伴っていた。

梅吉は今日も碁会所にいたのだが、さすがに京次から藤五郎かもしれない亡骸を検めて欲しいと求められ、対局の途中でやって来たのだった。

「頼む」

源太郎が言うと、梅吉はおずおずとした重い足取りで入って来た。土間に横たわる亡骸には筵を被せてある。源太郎と京次が脇に屈んで両手を合わせた。

京次が梅吉を見上げる。

梅吉はこくりとうなずいた。

　京次が筵を捲り上げた。

　梅吉は、無残な亡骸に目をそむけたが京次に促され恐る恐る視線を落とした。京次が三囲稲荷の御守を見せる。しばらく御守と亡骸を見やってから、

「だ、旦那……」

　源太郎が、

「藤五郎だな」

「はい」

　梅吉は藤五郎の亡骸の脇に膝から崩れると両手を合わせ、お経を唱えた。それからしばらくして、

「どうしてこんなことに」

　と、源太郎に言う。

「殺された。心の臓を匕首のような物で刺されている」

「物盗りですか」

「わからん」

　わからんと答えたが、木ノ内による口封じだと確信している。

「せっかく、息子さんたちのために供養の旅に出られたのに、こんな姿になっちまって」

梅吉は悔し涙を流した。

「世の中、神も仏もねえや」

その嘆くことしきりである。

「まったくだな」

源太郎も併せて京次と一緒に藤五郎の冥福を祈った。

ひとしきり祈ってから、

「絶対に下手人を挙げてください。このままじゃ、旦那も成仏できませんや」

梅吉は憤りを示した。

「任せな」

京次が言う。

「でも、通りすがりの物盗りの仕業ってことになりますと、そんな簡単には捕まらないんじゃありませんか」

梅吉は心配そうだ。

「そこが、玄人ってもんだ。餅は餅屋だぜ」

京次は自信を示した。

「そうですね」

梅吉は否定しなかったが、その口調が曇っているのは、昨今の町奉行所による不祥事が頭にあるのかもしれない。案の定、

「偽者同心の一件、うちが押し入られたんですが、未だ下手人が挙げられておりませんよね」

「間もなく下手人は挙がるさ」

京次が言った。

「きっと、捕まりますよね。きっと……。じゃなきゃ、この世は闇、神も仏もございませんよ」

梅吉は自分に言い聞かせるように呟いた。亡骸は梅吉が引き取るという。藤五郎に身内はいない。

「成仏してくれ」

源太郎は言った。

梅吉は改めて藤五郎の亡骸に両手を合わせ、

「旦那、あの世で倅さん夫婦と会ってくださいよ」

涙声で呼びかけた。

源太郎は京次に、

「聞き込みだが、まずもって奥山さま、もっと申せば用人木ノ内の仕業とみて間違いなかろう」

「厄介ですね」

京次が呟くと、

「奥山さまがどうして」

梅吉はわなわなと震えた。

相手が悪いとは言えないし、思わない。たとえ将軍庶子の養子入り先であろうと、引く気はない。

源太郎は偽者同心一味捕縛に決意の炎を立てた。

三

お縫は卯吉と語らっていた。

酒の入った五合徳利を手土産に奥山屋敷の中間部屋を訪ねたのである。茶椀酒を酌く

み交わしながら、

「矢作の行方、わからねえようだな」

卯吉が言った。

「そうだね」

お縫が生返事をしたところで、

「お縫よ、おまえ、矢作の行方知りたくはねえのかい」

「知りたいに決まっているじゃないのさ」

お縫はぐいと茶椀を傾けた。

「おれも中間仲間に頼んで矢作の行方を追っているのさ」

「で、行方は摑めたのかい」

お縫はいかにも期待していないというようなやる気のない問いかけをした。

「なんだ、つれないじゃないか」

「矢作って男、舐めているととんでもないことになるよ」

「おや、馬鹿に矢作のことを買っているじゃないか」

「買っているんじゃないのさ。侮ってちゃ火傷(やけど)するって言っているんだ。それにね、あんたも会っただろう。もう一人の同心」

「ああ、いかつい顔の同心、蔵間源之助か」

「そう。蔵間も放っておいていいのかい」

「あいつはいいだろう」

「あんた、顔を見られているんだよ」

お縫に指摘され、卯吉は口をへの字に引き結んだ。

「蔵間のこと、大したことはないと考えているようだね」

「あいつは北町だし、おれたちは尻尾を摑まれていないんだぜ」

「なら言うけどね、矢作は南町、蔵間は北町、なのにあの晩、どうして一緒に福寿屋に駆けつけたんだと思う」

お縫は思わせぶりに笑みを浮かべた。

「どうした、なんだ、勿体ぶって。そりゃ、北町と南町の同心が一緒というのは解せねえが、ま、そういうこともあろうよ」

「何がそういうこともあろうよだよ。いいかい、矢作と蔵間は親戚なんだよ。矢作の妹は蔵間の息子の嫁なんだ」

「なんだって」

さすがに卯吉は酒を飲む手を止めて、お縫をしげしげと見つめた。

「びっくりしている場合じゃないさ。だから、矢作のことを蔵間は助ける。つまり、矢作ばっかりを狙っても蔵間をなんとかしない限り、安心できないってんだよ」

お縫の語調は鋭くなる一方である。

「どうしよう」

急に卯吉はおろおろとした。

「あたしゃね、矢作が南町の追っ手やあんたの仲間がいくら探しても摑まらないっていうのも蔵間が助けているからだと睨んでいるんだけどね」

お縫の考えを受け入れるかのように、

「それもそうだな」

何度もうなずいて卯吉は酒を飲み始めた。

「だから、矢作を見つけるには、蔵間を見張ることだと思うけどね」

「そうか、なら」

と、中間(ちゆうげん)たちに向かった。

「ちょいとお待ち」

お縫は止めた。

「どうしたんだ」

心外とばかりにお縫に向き直る。

「そんな、大勢で蔵間を見張ったって、ばれるだけさ」

「じゃあ、どうするんだ」

「あたしに任せな」

お縫は言った。

「そ、そうか」

卯吉は息を呑む。

「まあ、もう一働きをするさ」

「頼もしいね」

卯吉は五合徳利を持ち上げた。

「ところで、朝吉、図に乗っているじゃないか」

お縫は言った。

「まあ、あいつは調子に乗るのが商いみたいなもんだからな」

卯吉も苦笑を漏らした。

「あいつ、奉行の岩瀬じゃなくって内与力の前野を殺したわけを話しただろう」

「聞いたよ。前野って内与力の囲い者を自分のものにしたかったからだって」

「いい思いばっかりしてるってことさ。奥山さまから頂く五千両だってさ、あいつが一番懐に入れるんだよ。面白くないじゃないのさ」

お縫はくいっと酒を呷(あお)った。

「まあ、そりゃおれだって面白くねえよ」

卯吉は手が止まる。

「元々嫌な奴だと思っていたけど、どうにも我慢ならなくなったよ。おまいさんはこのままでいいのかい」

「確かに太(ふて)え野郎だな」

「だから言っただろう。おまいさんがあたしを仲間に引き入れた時にさ、あいつは、信用ならないって」

「そうだな」

卯吉は考え込むように唸った。

「朝吉をどうするかはそっちに任せるよ。あいつは、自分の利で動く男だからね」

お縫はそれだけ言い残すと、すっくと立ち上がって中間小屋から出て行った。

卯吉も中間小屋を出た。

木ノ内と卯吉は御殿の裏手で会った。

「お縫の奴が、矢作の行方を摑むには蔵間を見張ることだと言っていましたぜ」

「お縫、いましばらく、生かしておくか」

木ノ内は言った。

「それがいいかと思います。ところで、朝吉の奴は許しておけませんぜ。あいつ、放っておくと益々増長します」

「食えぬ奴だ。それゆえ、使い勝手がよかったのじゃがな」

「根っからの読売屋ですからね」

卯吉は呆れ顔だ。

「殺せ」

木ノ内は冷然と命じた。

「わかりました。予定を早めます」

卯吉は言った。

「ともかく、いま少しで御前は町奉行になる。清之進さまも養子入りされる。さすれば、我らのやりたい放題だ」

木ノ内は言った。

源之助と矢作が潜む杵屋の寮に京次がやって来た。

「殺しが起きましたぜ」

京次は福寿屋藤五郎の亡骸が上がったことを報告した。

「そうか」

矢作は悔し気に唇を噛む。

「予想していたこととはいえ、酷いことをしおって」

源之助も怒りを露わにした。

「源太郎さんは奥山さまの用人木ノ内の指図に違いないって憤っていらっしゃいますよ」

京次は言った。

「間違いなかろうな」

源之助も否定しなかった。

「はやいとこ、成敗(せいばい)してやりたいぜ」

矢作はうずうずとした。

「まあ、逸(はや)るな」

源之助が戒める。

「わかってるさ」

矢作がうなずくのを見て、

「どうしますか」

京次が訊いた。

「吉報は寝て待てだ」

源之助が言ったところで、

「御免くださいまし」

お縫がやって来た。源之助が京次に女すりのお縫だと教えた。

お縫は軽く頭を下げてから、

「卯吉の奴、すっかり騙されましたよ。おそらくは、朝吉への疑念を深めていること

と思います」

「でかした」

源之助が言うと矢作もうなずく。

「いよいよ、悪党退治ってわけだ」

矢作は腕まくりをした。

「あっしもお役に立たせてくださいよ」

京次も居ても立ってもいられないといった様子だ。

「ちゃんと、おまえの役割も考えているさ」

源之助はにんまりとした。

「なんです」

京次は身を乗り出す。

「朝吉のところへ行き、いいネタがあると売り込むのだ」

源之助は言った。

「ネタっていいますと」

「福寿屋藤五郎殺しと矢作兵庫助の行方」

「誘い水をかけるんですね」

「そういうことだ」

「でも、朝吉は藤五郎殺しの下手人のことはよくわかっていますぜ。自分たちの仕業でしょうからね」

「だから、朝吉の読売にとって面白いネタになるようにすればよい」

源之助の横で矢作はにんまりとしている。

「どうするんですか」

「藤五郎殺しの下手人を見つけたと持ちかけるのだ。朝吉は疑心暗鬼を募らせるだろう。それに矢作の所在を知っていると言えば、こちらの誘いに乗ってくる」

源之助は言った。

四

京次は三島町の閻魔屋にやって来た。

暖簾の隙間から店内を覗くと、朝吉は浮き浮きと鼻歌を歌っている。

舌打ちをし、十手で暖簾を上げると中に足を踏み入れた。途端に朝吉の顔が険しくなった。

「なんでい、また、因縁をつけに来たのかい」

朝吉は横を向いてしまった。

「はなっから、そう喧嘩腰じゃあ話もできねえじゃねえか」

京次はどんと座った。

「喧嘩もなにも、あんたとは口を利く気もしねえよ」

朝吉は横を向いたままだ。

「でもな、読売屋っていうのは間口を広くとっておくもんじゃねえのかい」

「余計なお世話だよ」

「喧嘩相手からだって面白そうなネタがあれば買い取るのが読売屋ってもんだろう」

京次の言葉を受け、

「あんたに言われたくないさ。ネタを買うかどうかはこっちで決めるんだ。あんたからは買いたくない、さあ、帰った帰った」

朝吉は右手をひらひらと振った。

「わかったよ。じゃあ、別の読売屋に買ってもらうさ。福寿屋藤五郎殺しの下手人についてな。それと、内与力を殺した矢作って同心の居所もな」

と、腰を上げた。

朝吉の目つきが変わった。ギョロッとした目が際立ち、

「福寿屋藤五郎殺しと矢作の所在だって」

「ああ、そうだよ」

そっけなく京次が返事をする。

「福寿屋というと……」

「あんたなら知っているだろう。偽者同心一味が押し入った先の主人だ。読売には駿河屋のことしか書いていなかったがな」

「確かに面白そうだな」

窺うように朝吉は上目遣いとなった。

「ま、別の読売屋に持って行くよ。あんたは買ってくれないんだろう」

京次は腰を浮かした。

「まあ、待ちなよ」

すかさず朝吉が引き止めた。

「なんでえ、買ってくれるのかい」

「買わないことはないさ。でもね、あんたの話が本当かどうかわかってからでないとね」

「おれを信用しろって言いたいところだけど、いいだろう、もう少し詳しく話すとするか。芝の浜で打ち上がった亡骸があっただろう」

「素性不明ということだったがな」

朝吉の目元がぴくぴくと震えた。

「仏は福寿屋藤五郎だったんだ。どうしてわかるかって……。そりゃ、あの亡骸を検めて素性を確かめたのはおれだからだよ。おれと、北町の蔵間の旦那があの仏の素性を確かめたんだ」

「本当かい」

「まだ疑うのか」

「だって、藤五郎の亡骸は死んでからずいぶん……」

うっかり口を滑らせ朝吉は口をつぐんだ。

「殺されてからずいぶん水の中に浸かっているから素性は確かめようがなかったはずだと言いたいのかい」

鋭く京次が言葉尻を摑むと、

「いや、そうじゃねえよ」

朝吉は口をもごもごとさせた。京次は鋭い視線を送る。黙っていると疑われると危機感を抱いたのか、堰(せき)を切ったように朝吉は話し始めた。

「おれだって今月の三日に福寿屋が店仕舞いをしたってことは知っているさ。で、主人の藤五郎さんがお遍路の旅に出たってこともな。だから、亡骸が打ち上がったんなら随分と日が経っている。その間、仏が大川に浸っていたんなら、素性を判別することはできなかったんじゃないかって思ったんだ。着物だって残っているとは思えないからな」

　嘘臭いが耳聡い読売屋らしい言い訳だ。

「ま、いいや。藤五郎は心の臓を一突きにされ大川に沈められた。あんたが言ったように顔は判別がつかないくらいだったが、首から下げられたお札を見て、もしや藤五郎じゃないかって、福寿屋の元の番頭を呼んで仏を確かめてもらったんだ」

「そういうことか」

　朝吉はうなずいた。

「ところで、福寿屋は今月の三日に店仕舞いをした。店仕舞いをした福寿屋に押し込みが入ったという通報が南町に届けられたのは三日の晩。それで、矢作の旦那が駆けつけた。福寿屋には八丁堀同心を騙る賊が押し込みに入ったと藤五郎は言った。藤五郎は夕刻にはお遍路の旅に出ていたにもかかわらずだ」

「そりゃ妙だな」

　朝吉も首を捻る。

「妙だし、面白いだろう」

「ああ、ずいぶんと面白い」

「読売にしたら受ける。こんな面白い話、ただって法はねえぜ」

京次は右手を差し出した。

朝吉は帳場机の手文庫をごそごそとやっていたが、

「今はこれだけしかねえ。あとでもっと、まとまった金をやる」

と、一分金を京次の掌に置いた。

京次は握り締めて、

「ま、いいだろう」

「で、話の続きを聞かせてくれ」

「藤五郎を殺したのは偽者同心一味に違いないっておれは踏んでいる」

「そうかい」

朝吉は引き攣った笑みを浮かべた。

「矢作の旦那も偽者同心一味の仕業と踏んで追っているんだ。自分を罠にはめたのも一味だろうってな」

「そ、そうかい。で、矢作の居所を知っているんだな」

「知ってる。矢作の旦那に会うかい。会って、矢作の旦那の話を聞き、読売にするってのも面白いぜ」

「そりゃ、飛ぶように売れるだろうな」

「矢作の旦那の所に案内してやってもいいが、おれは矢作の旦那を信じている。だから、矢作の旦那が濡れ衣を着せられているって読売に書くってのが条件だ」

京次の誘いに、

「わかった。条件を飲むぜ」

朝吉は承知した。

「礼金、弾んでくれよ」

京次が念押しすると、

「わかってるよ」

くどいというように朝吉は右手をひらひらと振った。

五

お縫は奥山家の中間部屋を訪ねた。

部屋の隅で、

「おう、今日はおれがごちしてやるぜ」

卯吉が五合徳利と茶碗を持ってどっかと座った。お縫も卯吉の前に腰を下ろす。

「今日は遠慮しとくよ」

お縫が断ると、

「どうした。身体の具合でも悪いのかい」

卯吉は自分の茶碗に酒を注いだ。

「のんびり、酒なんか飲んでいる場合じゃないよ」

横を向いてお縫は言った。

お縫の言葉など耳に入らないかのように卯吉は酒を飲み始めた。お縫は呆れたように小鼻を膨らませると、

「矢作を見つけたんだよ」

さすがに卯吉は酒を飲む手を止め、

「ほう、そいつはでかした」

卯吉は頬を綻ばせた。次いで、

「で、どこにいるんだ」

勢い込んで問いかけてくる。

「なんだい、急に慌てて」

「おまえがここに来ている間にもどこかへ行ってしまうかもしれんぞ」

「心配ないさ。この近くだよ。日本橋の履物問屋の寮に潜んでいるのさ」

「どうしてそんな所にいるんだ」

「蔵間さ」

「蔵間源之助か」

「寮は蔵間が懇意にしている商人のもんなんだよ。だから言っただろう、蔵間源之助を舐めるなって」

卯吉は大きく舌打ちをした。

「で、寮には蔵間もいるんだ。今は飯を食べているところさ」

「よし、始末してやる」

卯吉は酒を呷った。

「あんたと、中間たちで襲うかい」

「決まっているじゃないか」

「その前に、もう一つ面白いことを教えてやろうか」

思わせぶりにお縫はにんまりと笑った。

「勿体つけるんじゃねえよ」

卯吉が焦れたところで、

「朝吉が一緒なんだよ」

　お縫は声を潜めた。

　卯吉は首を捻り、

「朝吉がどうして矢作や蔵間と一緒なんだ」

「知らないよ。あいつのことだ、きっと何か魂胆あってのことだと思わないかい」

「矢作や蔵間に取り入ろうってつもりなのかい。そんなことしたって何も得なことにならないだろうに」

「売る気なんじゃないかい」

「おれたちをかい。だって、奥山さまは町奉行になるってお方だぜ。おまけに、矢作は捕まったら内与力殺しで処罰されるんだ。そんな矢作に取り入ってどうするんだよ。いくらなんだって朝吉はそんな馬鹿じゃないさ」

「そんなことあたしに言われても知らないよ。気になるんなら、どうして朝吉が矢作を訪ねているのか自分で訊いてみたらどうだい」

　お縫が言ったところで中間（ちゅうげん）の一人がやって来た。

　卯吉に、

「朝吉の奴がこの近くの百姓家に入って行きましたぜ」

と、言った。

卯吉が息を飲むと、

「ほれ、ごらんよ」

お縫が笑いかけると卯吉はうなずいてから、

「木ノ内さまと川藤さまを呼んできな」

と、中間に言った。

中間は出て行った。

「なら、あたしはこれで失礼するよ」

「これから用事でもあるのかい」

「別にないよ」

「なら、矢作が潜んでいる寮を見張っていてくれねえか」

「いいけどさ」

けだるげにお縫は答えると右手を差し出した。卯吉は苦笑を漏らし、金一両をお縫の掌に載せた。お縫は一両を握り締めると、

「寮の近くで隠れているよ」

「頼む。おめえに抜かりはねえと信用しているぜ」

調子のいいことを言うと卯吉は景気づけだとばかりにまた酒を呷った。

お縫が出て行くと入れ替わるようにして木ノ内と川藤がやって来た。卯吉は酒をやめ、座り直した。

川藤は今日も同心の格好である。

「お縫に聞いたんですがね、矢作と蔵間の奴がこの近くの百姓家に潜んでいるってことですぜ」

「そうか、でかした」

川藤は言った。

木ノ内は黙っている。慎重に思案をしているようだ。

「矢作と蔵間だけじゃござんせんや。朝吉もいるんだそうですよ」

「朝吉だと」

川藤が驚き、木ノ内も目をむいた。

「朝吉の奴、とんだ野郎ですよ。本当に油断ならねえ野郎で」

「こうなったら、一緒にやってやりますか」

川藤は意気込んだ。

卯吉も、

「やってやりましょうよ」

しかし木ノ内は、

「それはどうかな。まずは、朝吉の狙いを確かめてからの方がよくはないか」

と、あくまで慎重な姿勢を崩さなかった。

「いや、ここは一気に片づけるのがよろしいですよ」

川藤が異を唱えると、

「そうですよ。木ノ内さま、考えてもみてくださいよ。おれたちが邪魔だと思っていた連中がみんな一つ所にいるんですぜ」

卯吉もここぞと言い立てた。

「そうだ。矢作に蔵間に朝吉」

川藤が指を折ったところで、

「お縫もお忘れなく。お縫には寮を見張らせていますからね。一緒に始末できます」

卯吉が付け加えた。

するると、

「よし、こんな機会はないな」

木ノ内は断を下した。

「こいつは面白くなってきたぞ」

川藤は手をこすり合わせた。

「川藤さま、すっかり八丁堀同心になりきっていらっしゃいますね」

卯吉のからかいの言葉にも川藤は上機嫌であった。

木ノ内が、

「よし。矢作、蔵間、朝吉、お縫の四人、矢作が殺したことにする」

木ノ内の企ては以下のようであった。

朝吉とお縫は矢作の居所を突き止めた。朝吉は読売にしようと矢作に会いに行ったところ矢作に殺された。そこへ、蔵間がやって来て、矢作は蔵間から自首するよう勧められた。しかし、矢作は逆上し蔵間までも殺し、自害して果てたということだ。

「だから、よいな。矢作は自害したように見せかけるのだ」

「わかってますよ」

卯吉は請け合った。

「いや、どうも心配だな。よし、わしも行くぞ」

木ノ内も気を逸らせた。

「一息に決着がつきますぜ」

卯吉は既に事が成就しているかのような心持ちになっているようだ。

京次は朝吉を連れて杵屋の寮にやって来た。寮が近づくと、

「ここは……」

と、周囲を見回した。

「どうした。見覚えがあるのか」

京次が立ち止まって訊く。

「あ、いや、だって、この近くだろう。偽者同心一味が押し込みに入ったという福寿屋があるのは」

「そういえば、駿河屋のことは読売に書いてあったのに、福寿屋のことは書かなかったんだな。何か理由でもあったのかい」

「駿河屋はご近所ってこともあってね、取材がきちんとできたからさ。ところが、福寿屋は向島だろう。ここまでは取材に来られなかったからさ」

いかにもとってつけたような言い訳であった。

「なるほどね」

「あたしはね、きちんと裏を取った記事しか書かないのが流儀でね」

そらぞらしいことを平気で言う朝吉に京次は内心で舌打ちをしつつ、

「じゃあ、矢作の旦那の話をとっくりと聞いて、濡れ衣を晴らす読売を出してくんなよ。じゃあ、行くぜ」

「こいつは面白くなってきやがったぜ」

朝吉は読売屋としての好奇心を疼かせているようだ。

京次はそこだと、寮の木戸に向かった。朝吉も続く。

六

朝吉が木戸の前に立った。

京次が脇の生垣に身を潜める。朝吉も生垣に隠れて中の様子を窺った。庭に二人の男が歩いている。

「矢作兵庫助と蔵間源之助だよ」

京次の言葉に朝吉はうなずく。食い入るようにして源之助と矢作の様子に見入った。

すると、

「ちょいと、朝吉さん」

背後から声をかけられ朝吉はびくっとなった。

「お縫」

朝吉は驚きながらもお縫とわかり安堵の表情となった。ところが京次の姿がない。

「今、ここにいた男を知らないか。岡っ引なんだけど。岡っ引のくせしてたかるのが好きな、たかり野郎なんだがな……」

「さあ、知らないね」

「ま、いいや。それより、この家に矢作が潜んでいるって聞いたんだ。お縫は矢作を見知っているだろう」

「もちろんだよ」

「蔵間の顔は卯吉の似顔絵で確かめられたけど、矢作はわからなくてね。どうだい、あの男で間違いないかい」

朝吉は生垣の隙間を覗いた。

お縫は腰を屈めた。朝吉同様に生垣の隙間から庭を覗く。次いで、

「もっと、近くに寄らないとわかりゃしないよ」

と、木戸門に向かった。

「おい、まずいぜ」

朝吉が呼び止めるのも耳に入らないようでお縫は木戸門に立った。そっと、忍び足で朝吉もお縫の後ろに立った。

と、やおら、

「中にお入り」

お縫が朝吉の後ろに回り込み、背中を押した。

「な、何するんだい」

思わず朝吉が声を高めた。次いで、慌てて口をつぐむ。

「なんだ」

矢作が朝吉を見た。

「い、いえ、なんでもござんせん。ちょいと、道に迷ってしまいましてね」

ぺこぺこと頭を下げ、朝吉は出て行こうとした。ところが、

「かまわん。せっかく来たのだ。入れ。閻魔屋朝吉」

矢作は言った。

朝吉の足が止まった。

「あ、いや、あっしは」

しどろもどろとなった朝吉に、

「おれは南町の矢作だ」

矢作が名乗ると、

「わたしは北町の蔵間だ」

源之助も出て来た。

「こ、これは矢作さまに蔵間さま……。で、いらっしゃいますか」

朝吉は深く腰を折るや踵を返して寮を飛び出そうとした。すると、

「待ちな」

京次が前に立ち塞がった。

「お、おい」

朝吉が口ごもると、

「観念するんだね」

お縫も京次の横に立った。

「な、何しやがる。お縫、こらどういうこったい」

前をお縫と京次、後ろから源之助と矢作に挟まれ朝吉はおろおろとした。

「矢作の旦那についたんだよ」

お縫は言った。

「馬鹿な。矢作には追っ手がかかってるんだ」

「おめでたい男だね。あんたもあたしも木ノ内や川藤、卯吉に命を狙われているんだよ」

「口から出任せ言うんじゃねえ」

「お縫の言う通りだぞ」

矢作は言うと、にんまりと笑った。

木ノ内たちが杵屋の寮にやって来た。卯吉が十人ばかりの中間たちを連れ、川藤は八丁堀同心に扮している。

卯吉が、

「お縫」

と、呼びかけた。

しかし、お縫の姿はない。

「ったく、お縫の奴どこへ行きやがったんだ。金だけ取って仕事をしねえとは、いい加減なもんだぜ」

卯吉が悪態を吐いた。

「構うことはない。踏み込むぞ」

川藤に言われ、卯吉が中間たちを連れて木戸から中に足を踏み入れようとした。

と、ここで、

「ちょっと、ちょっと、なんなんですよ、この騒ぎは」

京次が出て来た。

卯吉は戸惑いながらも、

「あんた、誰だい」

「そりゃ、こっちの台詞だ。あんたらこそ何者だい。大勢して無断で他人(ひと)の家に入り込むなんて、ずいぶん行儀が悪いじゃござんせんか。あたしは、この寮の持ち主杵屋の奉公人ですよ」

「そ、そうかい。おらあ、奥山さまのお屋敷で中間をやっている卯吉ってもんだが、この寮でお尋ね者の八丁堀同心がいるって耳にしたもんでね。放ってはおけないと思って中間仲間を連れてやって来たんだ」

「お尋ね者の同心さまなんて知らないよ」

「そんなはずはないさ。隠しているとおまえさんも身のためにならねえよ」

「隠してなんかいないさ」

「なら、調べさせてもらうぜ」

「駄目だよ。旦那に無断で見知らぬ連中を中に入れるわけにはいかないね」

京次が頑としてはねつけると、川藤が卯吉たちをかき分けて出て来た。ここはおれの出番だとばかりに肩で風を切っている。

「これはな、御用なのだ。いいから退け」

「おや、八丁堀の旦那ですかい」

京次が言うと、

「いかにも」

川藤は十手を掲げて見せた。

「失礼ですが、北ですか南ですか」

「南町の上田だ」

反射的に川藤が答えたところで、

「南町の上田、はて、そんな旦那いたかな」

京次は大きく首を傾げた。

「無礼者」

川藤は十手を突きつけた。畏れ入ったかというように居丈高となって、

「退くがよい」

八丁堀同心になりきって京次に命じた。京次は動ずることなく、

「あ、思い出した。駿河屋に押し入った偽者同心が上田って名乗っていましたっけね。まさか、旦那、偽者ってことはありませんよね」

「無礼も大概にしろ」

いきりたって川藤は京次を押し退け寮の中へと入って行った。卯吉も中間たちを連れて続く。最後に木ノ内も寮の中に入った。

「ようこそ、偽者同心さん」

お縫が一行の前に立った。

川藤がぎょっとして立ち止まる。

「お縫、てめえ、ふざけるんじゃねえ。ま、いいや、矢作たちはどこにいるんだい」

卯吉が言った。

お縫はからからと笑ってからすっと引っ込んだ。

代わって、

「おれを探しているのか」

矢作がやって来た。

卯吉はたじろいだ。

「南町の上田だってなあ、おい。そんな同心いないな。見習いか」

矢作は川藤に詰め寄った。

川藤はたじろぎそうになったが、

「黙れ、矢作兵庫助、内与力前野喜三郎さま殺害のとがにより捕縛する。観念せよ」

頭上で川藤が十手を振るうと、卯吉たち中間が矢作とお縫を囲んだ。

「盗人猛々(たけだけ)しいとはおまえたちのことだな。おれをお縄にできるものならやってみろ」

矢作も十手を突き出した。

「蔵間はどうした。それと、不届き極まりない読売屋もおろう」

木ノ内が周囲を見回した。

すると、

「呼んだか」

大きくあくびをしながら源之助が出て来た。縄で後ろ手に縛った朝吉を連れている。

「朝吉……」

卯吉が声をかける。

「全て、お見通しだ。お縫の奴が裏切りやがった」

朝吉は地べたに唾を吐いた。

「ど、どうします」

うろたえた卯吉が木ノ内を振り返る。

「かまわん。手筈は変わらぬ。この者らを殺せ」

出っ張った腹を震わせながら木ノ内が命じた。

木ノ内の言葉が終わるや矢作が十手を突き出した。川藤の十手と交錯し、川藤の手から十手が宙に舞う。

源之助と京次も十手で卯吉たちに殴りかかった。卯吉たちの足並みが乱れる。混乱に乗じて朝吉が逃れようとしたが、お縫が縄を引っ張り、

「逃がさないよ」

と、怒鳴った。

朝吉はひっくり返った。

「見逃してくれ。金は弾むよ」

朝吉の往生際の悪さにお縫は冷笑を浴びせ、立ち上がったところを平手で頰を張った。高らかな音がし、朝吉は黙り込んだ。

これまでの鬱憤を晴らすかのように矢作は暴れ回った。中間たちを蹴飛ばし、頭突きを食らわし、地べたに転がす。

戦いは矢作に任せ、源之助と京次は地べたを這う敵に縄をかけていった。

矢作は阿修羅(あしゅら)の形相で卯吉に迫る。卯吉は恐怖に顔を引き攣らせながら後ずさりし、松の木を背中に足が止まった。

「観念しろ、偽者め!」

嫌悪に満ちた怒声を放つや矢作は十手を卯吉の顔面に振り下ろした。

額が割れ、卯吉の端整な面差しが血に染まった。

「うぎゃあ」

卯吉は両手で顔を覆いながら四つん這いとなった。

「蔵間さま」

京次が源之助に声をかけた。源之助が向いたところで、京次が指差した。

木戸門から木ノ内が逃げて行く。

でっぷりと肥え太った割りには逃げ足が速い。

源之助も飛び出した。

木戸門を出たところで雪駄を脱いだ。

「馬鹿めが」

鼻で笑うと雪駄を木ノ内に向かって投げつけた。

雪駄は寒風をもろともせずに一直線の飛び、木ノ内の後頭部を直撃した。

木ノ内の巨体が前のめりに倒れた。

寒雀の鳴き声が響き渡り、近くの農家で行われている野焼きの黒煙が鉛色の空を焦がしていた。


師走（しわす）となり、寒さひとしおの朝、源之助は八丁堀の組屋敷で身支度を整えていた。

木ノ内や川藤は切腹、卯吉と朝吉は打ち首、手下の中間たちは遠島に処せられた。

お縫は慈悲を以って江戸所払いですんだ。

身支度を終えたところで文が届けられた。

差出人は清之進さま用人とだけ記してあった。

清之進は病の床にあるそうだった。気がかりとなり、今日あたり奉行永田備後守を通じて城内中奥に問い合わせようと思っていたところである。

奥山十郎左衛門は用人木ノ内玄蕃と若党川藤平助の悪行を問われ謹慎している。近日中にも評定所にて詮議される予定だ。清之進の養子入りも中止となったところだ。

文を広げた。

途端に源之助の目が点となる。清之進さま逝去の文字が飛び込んできたのだ。

文を両手で握り締め、食い入るように読んだ。

清之進が労咳に冒されていたのは周囲では公然の秘密だった。医者からは夏を越せるかどうかと診断されていたそうだ。

清之進を哀れんだ将軍家斉は部屋住みの身ではなく、然るべく武家に養子入りさせようとした。併せて、清之進が望んでいた八丁堀同心の真似事も許したのだった。

文には清之進が深く源之助に感謝していたことが書き記され、養生所をはじめ貧しき者、弱き者の暮らしを死ぬまで気にかけていたことも綴られてあった。

「清之進さま……」

文の最後辺りは涙で文字がかすんでしまった。嗚咽が漏れ、ぶるぶると肩が震えた。

庭でどさっという音が聞こえた。

障子を開けると一面の雪景色である。音は松の枝から雪が落ちたのであった。

真っ白な雪は純真無垢な清之進の心を映し出しているようだ。

若くして散った清之進のためにも、そして清之進が死ぬまで気にかけた弱き者たちのためにも真っ正直に御用を務めよう。

影御用ではあるが、堂々と胸を張り役目に精進しようと源之助は雪晴れの空に誓った。

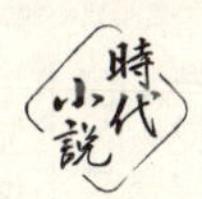

二見時代小説文庫

虚構斬り　居眠り同心　影御用21

著者　早見　俊

発行所　株式会社　二見書房
東京都千代田区三崎町二-一八-一一
電話　〇三-三五一五-二三一一［営業］
　　　〇三-三五一五-二三一三［編集］
振替　〇〇一七〇-四-二六三九
印刷　株式会社　堀内印刷所
製本　株式会社　村上製本所

落丁・乱丁本はお取り替えいたします。
定価は、カバーに表示してあります。

 ISBN978－4－576－16183－9
http://www.futami.co.jp/

闇への誘い　居眠り同心 影御用19

早見俊［著］

闇奉行と名乗る者の手で、罪を免れた悪党たちの打ち首が辻々に晒される。人々の熱狂の陰で進行する闇の力による恐るべき企み……寺社奉行からの特命影御用とは⁉

流麗の刺客　居眠り同心 影御用20

早見俊［著］

浪人が人質と立て籠もった。逃げた妻を連れて来いという。駆け付けた源之助が見たのは、同心の勘を打ち破る想像を絶する光景だった。謎が謎を呼ぶ事件とは？

千葉道場の鬼鉄（おにてつ）　時雨橋あじさい亭1

森真沙子［著］

父は小野派一刀流の宗家、「着物はボロだが心は錦」の六尺二寸、天衣無縫の怪人。幕末を駆け抜けた鬼鉄こと山岡鉄太郎（鉄舟）の疾風怒涛の青春、シリーズ第1弾

隠密奉行 柘植長門守（つげながとのかみ）　松平定信の懐刀

藤水名子［著］

江戸に戻った柘植長門守は、幕府の俊英・松平定信から密命を託される。伊賀を継ぐ忍び奉行が、幕府にはびこる悪を人知れず闇に葬る！ 新シリーズ第1弾！

地獄耳1　奥祐筆秘聞

和久田正明［著］

飛脚屋の居候は奥祐筆組頭・烏丸菊次郎の世を忍ぶ仮の姿だった。御家断絶必定の密書を巡る謎の仕掛人の真の目的は？ 菊次郎と〃地獄耳〃の仲間たちが悪を討つ！

つけ狙う女　隠居右善（うぜん） 江戸を走る1

喜安幸夫［著］

凄腕隠密廻り同心・児島右善は隠居後、人気女鍼師の弟子として世のため人のため役に立つべく鍼の修行にいそしんでいた。その右善を狙う謎の女とは——⁉

剣客大名柳生俊平 将軍の影目付

麻倉一矢［著］

柳生家第六代藩主となった柳生俊平は、八代将軍吉宗から密かに影目付を命じられ、難題に取り組むことに…。実在の大名の痛快な物語！ 新シリーズ第1弾！

赤鬚の乱 剣客大名 柳生俊平2

麻倉一矢［著］

将軍吉宗の命で開設された小石川養生所は、悪徳医師らの巣窟と化し荒みきっていた。将軍の影目付・柳生俊平は盟友二人とともに初代赤鬚を助けて悪党に立ち向かう！

海賊大名 剣客大名 柳生俊平3

麻倉一矢［著］

豊後森藩の久留島光通、元水軍の荒くれ大名が悪徳米商人と大謀略！ 俊平は一万石同盟の伊予小松藩主らと共に、米価高騰、諸藩借財地獄を陰で操る悪党と対決する！

女弁慶 剣客大名 柳生俊平4

麻倉一矢［著］

十万石の姫ながらタイ捨流免許皆伝の女傑と出会った俊平。姫は藩財政立て直しのため伝統の花火を製造しようとしていたが、花火の硝石を巡って幕閣中枢にな動きが…。

将軍の跡継ぎ 御庭番の二代目1

氷月葵［著］

家継の養子となり、将軍を継いだ元紀州藩主・吉宗。吉宗に伴われ、江戸に入った薬込役・宮地家二代目「加門」に将軍吉宗から直命下る。世継ぎの家重を護れ！

藩主の乱 御庭番の二代目2

氷月葵［著］

御庭番二代目の加門に将軍後継家重から下命。将軍の政に異を唱える尾張藩主・徳川宗春の著書『温知政要』を入手・精査し、尾張藩の内情を探れというのであるが…

閻魔の女房　北町影同心1

沖田正午［著］

巽真之介は北町奉行所で「閻魔の使い」とも呼ばれる凄腕同心。その女房の音乃は、北町奉行を唸らせ夫も驚くほどの機知にも優れた剣の達人！　新シリーズ第1弾！

過去からの密命　北町影同心2

沖田正午［著］

音乃は亡き夫・巽真之介の父である元臨時廻り同心の丈一郎とともに、奉行直々の影同心として働くことになった。嫁と義父が十二年前の事件の闇を抉り出す！

挑まれた戦い　北町影同心3

沖田正午［著］

音乃の実父義兵衛が賂（まいない）の罪で捕らえられてしまう。無実の証を探し始めた音乃と義父丈一郎だが、義父もあらぬ疑いで…。絶体絶命の音乃は、二人の父を救えるのか!?

浮世小路　父娘（おやこ）捕物帖　黄泉からの声

高城実枝子［著］

味で評判の小体な料理屋。美人の看板娘お麻と八丁堀同心の手先、治助。似た者どうしの父娘に今日も事件が舞いこんで…。期待の女流新人！　大江戸人情ミステリー

緋色のしごき　浮世小路　父娘捕物帖2

高城実枝子［著］

事件とあらば走り出す治助・お麻父娘のもとに、今日も市中で殺しの報が！　凶器の緋色のしごきは何を示すのか!?　半村良の衣鉢を継ぐ女流新人が贈る大江戸人情推理！

髪結いの女　浮世小路　父娘捕物帖3

高城実枝子［著］

女髪結いのお浜はかつて許嫁の利八を信じて遊女となった。足を洗えた今も利八は戻らず、お浜は重い病に。江戸に戻っていた利八に、お麻の堪忍袋の緒が切れた！